吉野山河記

中井龍彦

Nakai Tatsuhiko

澪標

吉野　山河記　　目次

装幀　森本良成

蜘蛛の資産

川辺の道に軽トラックを止めて外に出ようとしたら、何千と言う虫が舞っている。気持ち悪くなって、慌ててトラックのドアを閉めた。虫は米粒より少し小さいほどの虫で、なかに蜂やハエなど、大きな虫も混じっている。たぶんブユとかブトと呼ばれている虫であろう。

ふとトラックの後ろを見ると、アングルの二本の支柱の間に、小さな蜘蛛が手のひらをふたつ広げたほどの巣を張り巡らせている。普段は二日も三日も餌にありつけない蜘蛛が、このときばかりは四方八方に忙しく動き始めた。小さな虫は巣のあちらこちらにかかり、蜘蛛の手というか足が回らないほど、巣は賑やかに揺れている。時々、大きなハエの類《たぐい》も飛んできて巣を巣とも思わずに通過してゆく。小さな獲物がかかるたびに、蜘蛛は慌ただしくそこにおもむき、虫を糸で縛りつけ、動けないようにしてから中央に引き返す。

そのような行為を蜘蛛は幾度となく繰り返した。自分の近くに獲物がかかれば、蜘蛛は機敏に反応するが、中央から遠くにかかれば、糸を前足で引っ張るような仕草を見せ、獲物の状況を確かめているようだ。東京を中心にした日本の構図にも似ている。巣の真ん中にいなければ、詳しい情報はわからないし、獲物の大きさや、掛かり具合も判別できないものと見える。要するに、巣の中心はこの小さな蜘蛛にとって世界の中心なのである。

十四以上も取り押さえたところで、蜘蛛は獲物を中央に運び、食べ始めた。数匹ほどの小さなブトを食べ、もう食べられないだろうと思っていたら、自分の体ほどもある小バエを中央に運び、二、三度くるくる回してから、ハエの目の下あたりにガブッとかぶりついた。なんとも旺盛な食欲である。体型も最初に比べ、倍近くに膨れている。巣の中心には蜘蛛の出した残滓がぶら下がり、中央より上には、三個の茶色い袋が連なっている。袋の中には、おそらくこの蜘蛛の子孫が眠っているのであろう。

しばらくして巣は穴だらけになり、獲物はあまりかからなくなった。しかし、巣にはまだ十四以上の獲物が確保されている。蜘蛛は悠然と巣の中央で静止した。満腹になったことと、しばらく先までの食い扶持を確保したからである。

この蜘蛛はこの先、巣に残された余剰物で、さらに体を大きくしていくだろう。巣を拡大し、もっと精緻な仕組みに変え、さらに大型の獲物を求めるだろう。軽トラックなどではなく、もっと条件のよい所に居を構え、その中心に神のように君臨するに違いない。その時はそう思っていた。

蜘蛛の世界と人間の世界、餌取り生活と農耕牧畜生活の違いはあるが、蜘蛛が余剰物を横目に見て満足している姿は、人間が経済活動のなかで蓄財の増減に一喜一憂している姿とあまり変わりがない。そしてその余剰物としての資産を運用し、さらに精微で複雑なシステム、規模の拡充を図ろうとするグローバル化社会は、いくつもの巨大な蜘蛛の巣からなる弱肉強食の世界でもある。小さな蜘蛛が、大きな虫を食べて大きな蜘蛛になり、大きな蜘蛛が大きな蜘蛛を食べて、さらに巨大な蜘蛛になる。

軽トラックの蜘蛛は小さな虫数匹と一匹のハエで腹を満たし、明日、あさっての余剰物を計算に入れ、それっきり動かなくなった。しかし、人間の経済活動は違う。人間は餌という形ではなく、貨幣という交換可能な価値によって、悪しきゲームを始めたのである。石油を始めとする燃料資源や、鉱物資源、食料まで投機、ファンドと呼ばれるマネーゲームによって釣り上げ、仮想経済社会をさらに大きなものに作り変えていく。資産も持たず仮想経済に参入できないわれわれ庶民は、ガソリンや食料品の値段が上がっていく日常に慌てふためき、一方でその中央に君臨する一部の富豪は、人類史上蓄えたことがないような莫大な資産を保有し、巨大な富の巣をさらに巨大なものに作り変えていこうとする。政治および経済の基本的な哲学は、富を平等に配分することである。にもかかわらず、恐ろしいほどの富の偏在。もはや、格差というような生易しいものではない。

二日後、軽トラックの中から再び蜘蛛の巣を覗き込んだ。予想通り、巣に散らばっていたエサはきれいになくなり、巣ももと通りに修復されている。蜘蛛は二日の間、飢えることなく虫を食べ続けたのであろう。

だが、蜘蛛の体は痩せていた。どこにいるのか分からないくらい、小さくしぼんでいたのである。よく見ると、やはり巣の中央で、一列に並んだ虫の残滓に擬態化するように、四っ目の袋にまだ卵を産み続けている。蜘蛛は蓄えた餌という資産をもとに、巣を拡張して大きな虫を食べ、ますます膨れ続けるという私の予測は間違っていた。無限に欲望を持ち続けることができるのは、どうやら人間だけらしく、蜘蛛にとって、虫を食べて生きることは、子孫を残すことに他ならなかった。卵を産み終えた蜘蛛に、老後と呼ぶような余生はない。まして巣の規模を拡張して、もっと大きな獲物をとってやろうというような野望もない。唯一、野望があるとすればひとつでも多く卵を産むこと、そのためだけに巣を張り、与えられた一生を終えるのである。

本能というもののなんと清らかなこと……。

小さな蜘蛛の生態から、私はそのようなことを学んだ気がした。

大峰奥駈道―弥山にて

金谷上人伝

令和元年9月12日、弥山、八経ヶ岳に登頂する。弥山1895メートル、八経ヶ岳1914メートル、近畿の最高峰である。午前8時半、行者還トンネルの入り口付近から作業用モノレールに乗ること1時間あまり、乗員は5名、チェンソーなど、重そうな作業道具を見て、重量超過だと弥山小屋の管理人がいう。「もし、エンジンが唸り始めたら、ひとりふたり飛び降りてくれ。傾斜が40度ほどのところもあるから。」といい残して管理人は帰っていった。飛び降りたあとどうなるのか、という不安がよぎる。

空模様はいまにも降り出しそうな曇り日。だが管理人いわく、「山頂は雲の上やから、今日はいい天気になるで。」私たちはひとまず安堵した。

全長4m、横幅80センチのモノレールが急勾配を登ってゆく。気温は15度以下だろう。山桜、リョウブ、ミズナラ、サルスベリ、カエデなどの落葉樹、シイ、カシ、などの照葉樹が混じる林を、くぐるようにモノレールは登り続けた。30分ほど経って、ところどころに青空がのぞく。雲がものすごいスピードで、手の届くあたりを飛び去ってゆく。下界では見ることのできない光景だ。トリカブトの群落が美しい。標高1700メートルを超えたと思うあたりから、急に植生が変わり、モミ、ツガ、ゴヨウマツなどの針葉樹が現れはじめた。空はすっかり夏の気配を取り戻している。モノレールの後尾に乗る二人が、ブルーシートを広げたような蒼穹が近づくにつれ、子どものようにはしゃぎ始めた。飛び降りるとすれば彼らだろう。背後には、紀伊山地の山塊が雲海の彼方に浮かんでいる。やがて、私たちを乗せたモノレールは、無事に朝の静かな弥山山頂に着いた。

弥山小屋は想像以上に大きな建物である。山上の要塞というような表現がふさわしい。話が古くなるが、今からちょうど210年前の9月始め、この弥山山頂を宿所とした御一行があった。総勢280名、文化6年（1809年）の7月2日「新暦8月12日」、京都を出立して木津から奈良へ、郡山、田原本、八木、高取の各所で休憩および宿泊。7日に吉野・蔵王権現に入堂、以後10日間ほど吉野宮滝、川上村大滝、鳥住鳳閣寺、吉野山宿坊に遊び、14日から大峰奥駈に入峰《にゅうぶ》、京都からここに至るまで、約五千人の大行列が続いた。しかし、大峰奥駈百数十キロを踏破するには、よほどの屈強者か経験者でなければならない。15歳以下、50歳以上、病ある者はここでふるいにかけられ、280名に絞られた。

この御一行は醍醐寺三宝院門跡《もんぜき》、高演上人とその随行者である。「門跡」というのは皇族、公家出身の門主《もんす》のことで、三宝院門跡ともなると、さながら天皇のような存在であったらしい。その門跡が泰平祈願のため一世に一度の大峰奥駈修行に出るという御布令により、醍醐寺には津々浦々から様々な立場の衆徒、山伏が集結した。なかに一人、風変わりな僧侶がいて、名を横井金谷《きんこく》という。本人は浄土宗の寺僧ではあるが、絵画や浄瑠璃、和歌、俳句、陶芸などを趣味とし、放浪に身をまかせる破天荒な僧侶であった。奥駈の衆徒として加わった動機も、「大峰魔界にて子天狗にでも出逢ったら生け捕って旅ミヤゲしよう。」などと、あまり笑えないジョークを飛ばしている。

さて、その金谷によって書かれた「金谷上人行状記」によると、弥山山頂に一行が到着したのは金峯山入峰より9日後の7月25日、太陽暦では9月4日に当たる。連日の暴風雨のため「小笹の宿」にて2日間の足止めを余儀なくされ、25日未明、風雨を衝いて強行したものの、弥山手前の十八丁（約2キロ）も続く急坂に呻吟して、ようやく山頂にたどり着いた。当時、弥山には立派な護摩堂があった。しかし、280名もの衆徒、山伏を泊めるほどの広さはない。金谷ら付き人は御堂のなかに手折り足折り「箱詰めのイワシ」のようにして横になったが、その他大勢の平山伏たちは、外の泥水のなかにムシロを被って寝たという。山頂は土砂降りの雨、飢えと寒さ、疲労と心細さのためか、大勢の男たちが夜っぴてすすり哭く声を、金谷は聴いている。

…………

話を戻そう。

私たち5人のうち3人は、行者還岳までの倒木処理のため、八丁坂の長い階段を下って行った。行列が呻吟を極めた急坂である。さて、残された私たちは、とりあえずモノレールをもとの所に返却しなければならない。しかしここまで来たのだからと、八経ヶ岳に足を進める。弥山に戻り芝生の上にて握り飯を頬張る。そのあと、しばらくうたた寝をした。

芝生の下、地下深くに耳をすませば、二百年も昔の法螺の音、読経の声、そして荒ムシロの下にすすり哭く、山伏たちの慟哭を聴いた気がした。

理源太師伝

弥山山頂で別れた3人が長い八丁坂を下って行った先に、「聖宝の宿《しょうぼう》」がある。第54靡《なびき》に数えられ、錫杖を手にした聖宝、理源大師像が鎮座している。理源大師については、役行者《えんの》の奇譚伝説の陰に隠れて、あまり語られることはないが、奈良時代より永く途絶えていた大峰修験道、中興の祖として大きな功績を残した人である。とりわけ、大蛇退治伝説が有名であろう。また、弘法大師・空海の孫弟子でもあり、伏見、醍醐寺の開祖、真言宗当山派修験道の祖、東大寺東南院の院主など、エリート僧としての肩書きをもつ。

私は以前、聖宝によって開山されたという村内、鳥住地区にある鳳閣寺で、大蛇の頭骨を見せてもらったことがある。鹿の頭骨にしか私には見えなかったが、聖宝は退治した大蛇を奥駆道の三ケ所に封じたとされる。この説話は、すなわち奥駆道そのものを大蛇に見立てた奇譚伝承であろう。内容はこうである。

役行者から200年の間、大峰山中に大蛇が棲むようになった。人びとに危害を加えるため、修験者も少なくなり、霊場は荒れていた。そこで、聖宝は奈良に住む修験者の先達、箱屋勘兵衛を連れて山に登った。そして、法螺貝を吹いて祈祷すると、その音は百の音色となって峰々に響き渡り、大蛇がゆっくりと姿を現した。聖宝は大蛇を法力で縛りつけ、勘兵衛はそれを斧でふたつ斬りにした。それからは大峰山の道も再開され、山の名も百貝岳と呼ばれるようになった。勘兵衛は鳳閣寺に通うとき、いつも聖宝の好物である餅や飯《いい》などを持参した。以来、聖宝は勘兵衛を餅飯殿《もちいどの》と呼ぶようになり、勘兵衛の住んでいた町の名も餅飯殿町と呼ばれるようになった、というものである。

修験道が廃れた行道には、大蛇と見紛うような倒木がいたるところに転がっていたのであろう。七ツ池、弥山、平地の宿の三ヶ所の靡に、聖宝は大蛇を封じている。

修験道の開祖は役行者であるが、それ以後の歴史をたどるとなると、容易ではない。とりわけ密教との融合の歴史に、はっきりとしないものがある。つまり役行者にはじまる呪術信仰と、800年代の初めに空海によってもたらされた真言密教との出会いであり、言い方を変えれば、魔界信仰と大日信仰の融合である。

修験道はもともと山の霊異を心身に体感するといった古代山岳信仰に始まり、道教や神道、陰陽道やアニミズム的な要素を取り入れ、平安時代になって密教とむすびつくことで、渾然とした体系が成立する。渾然とした、というのはいまだに確固とした教義・経典が無いからであり、したがって信仰ではあるが宗教と呼べるものではない。だが「信仰」や「宗教」という言葉さえ、明治になってから創られた言葉であって、それ以前の概念をあてはめるとすれば素朴に「願い」とか「祈り」、すなわち加持・祈祷の意味に行き着くのであろう。

ともあれ、日本の宗教の初めには名付けることのできない自然信仰があった。古代人の素朴な自然への祈りは、仏教、神道、道教とまじわり、加持・祈祷による呪術信仰を取り入れ、大乗の仏典をもつ真言系、天台系の密教と融合することで今日の修験道が成立した、といえるのではなかろうか。
その一番の功績者として聖宝・理源大師の存在があらためて浮上する。おそらく、聖宝の「大蛇退治」が行われていなければ、今日の峰入り奥駆修行は成立していなかったであろう。さらには、役行者の魔界信仰と真言密教の教義（たとえば即身成仏）との出会いも、聖宝においてなされたのではないか。もちろんその背景には、同世代の天台宗の僧、円珍などの存在が浮かび上がるのだが、弥山に居を構え鳳閣寺を開山して吉野から熊野にいたる当山派修験道を再興した聖宝の、なみなみならぬ修験への意志が時代背景に感じとれる。

……………

話を戻すことにするが、弥山にて、チェンソーを肩にした3人を見送りながら、私は漠然と「斧」について考えていた。
金谷上人は、5貫（約20キロ）もある飾り物の斧を持って280名の行列を先導した。また、箱屋勘兵衛は大蛇の腹に大斧を振り下ろし、さらに時代をさかのぼれば、役行者の前を歩く赤鬼、前鬼も斧を振り上げている。

蔵王権現は三鈷杵《さんこしょ》を法具としたが、従者たちの法具は魔界を切り拓くための「斧」であった。

2019年（令和元年）11月28日
2020年（令和2年）1月28日
奈良新聞

風土考

つくづく日本語は難しいと思う。その難しい言葉のひとつに「風土」がある。自然風土、歴史風土、組織風土、政治風土、精神風土、など、多様な使用例によって、「風土」そのものの概念は韜晦《とうかい》してしまった感が否めない。しかし、私たちは今も、その地に根づいた「風土」の中で生きている。

和辻哲郎の著書「風土」は次の文章で始まる。「ここに風土と呼ぶのは、ある土地の気候、気象、地質、地形、景観等の総称である。」

和辻は「風土」を3つの大きなエリアに分けて、自然とそこに暮らす人々、歴史と歴史観の相違を解析した。その内容は人間の性情や家の建て方にまでおよぶ。アジアモンスーン地帯に属する日本を含む東南アジア、草原に属するヨーロッパ、砂漠に属するアラビアという区分である。確かにこの3つの地域には気候や地質の共通性、人間の生態、歴史・宗教観の相似性を認めることができる。だがそれを「風土」という言葉で類型化することには、もとより無理があった。「風土」とはそんな大きなくくりで捉えられる概念ではなかったのである。もし世界が、和辻がいうその3つの区域によってのみ構成されていたなら、地球上にはわずか3種類の民族しか派生しなかった、というような極論も成り立ちえよう。

90年も前に書かれたこの著書をけなすつもりはないが、古来よりその地の田畑や山地にしがみついて生きてきた大多数の人々にとって、「風土」とは目の前の山の形であったり、隣地との日当りの差違であったり、季節ごとの風の方位であったり、植物の適性であったり、北斜面・南斜面の地質の違いなのであった。そのような観点から、人間にとってのもっとも身近な「風土」に目を向けてみたい。

日本はいたる所が山国である。山国の風土と平地の風土は明らかに違っている。平地では稲作、山国では狩猟採取や炭焼き、焼き畑が主たる生業として定着した。これがまず、大きなくくりで捉えた日本の歴史的な風土といえよう。室町期の終わりから江戸期の初めにかけて、吉野地方では杉、檜の植林が始められた。川上村、黒滝村、東吉野村の順に植林史が始まるのだが、これもまた、吉野という小さな風土に根づいた産業であった。さらに小さく見てみると私が暮らす山の裏側には地質、地形、言葉訛りも違った天川村洞川がある。山ふたつ隔てた北側には、花の吉野山、少し視点をずらすと下市町広橋梅林、西側には柿産地で有名な旧西吉野村がある。このように半径10キロ圏内に絞ってみても、多様な風土性を持つ地域が現れる。

そこで、もういちど「風土」という言葉の、本来の意味に立ち返ってみたい。「風土」とは文字通り大気（風）と大地（土）という意味であり、古語でいう「あめつち（天地）」を包摂する言葉であろう。最初に挙げた歴史風土や自然風土はともかく、政治風土や組織風土などという用例は本来の「風土」の意味にそぐわない。

だが一方で、「風土」には自然・環境を対象とした意味のほかに、歴史・文化を形づくる社会環境、生活環境を対象とする意味もある。むろんそれは、自然を基底とした文化であり、歴史であり地誌なのだが、そうなればもう、人間の生活そのものが「風土」によって生成されたものとなる。気象条件をはじめとする自然が、文化や生活を生成するのであれば、おのずとそこで生まれる様式があり、慣習があり、宗教観や生死観が生まれ、和辻が類型化した人間の「性情」を観ることもできよう。このようにして、「風土」の概念は、もっとも身近な「土地柄」とか「お国柄」というようなニュアンスから離れ、形而上学的な様相を帯びていった。

つくづく「風土」とは難しい言葉である。風土には、遠い「風土」もあれば近い「風土」もある。私たちは一様に、身近な風土のもとで自然を感じ、遠くの風土に想いを馳せる。私はまだ、東北地方を訪れたことがないのだが、北国の風土について思うとき、ふたつの短歌が口に着く。啄木の、

かにかくに渋民村は恋しかり おもひでの山おもひでの川

寺山修司の、

吸ひさしの煙草で北を指すときの北暗ければ望郷ならず

という歌である。啄木の故郷である、岩手県渋民村という「風土」。寺山は煙草の先に、青森県という自分の「風土」を見ている。

風土はまた、「故郷」でもあるのだ。

奈良新聞

2019年（令和元年）9月26日

川が支えた林業

分水嶺によっては、まったく違った海へと雨水が流れてゆく場合がある。

私の家の上、標高千メートルほどのところは、ちょうど馬の背のような尾根になっていて、ある時私はそこで夕立にあった。木の下に身をすくめながら雨水の流れを見ていると、わずか数メートルほどの尾根を境にして左右、南北に雨水が分かれてゆく。

分水嶺だから当たり前のことなのだが、私はその雨水のたどり着く先を想像して不思議な気持ちになった。私の村側に降った雨は黒滝川になり、吉野川へと注ぎ込む。それより少し南側に降った雨は、天川村洞川に下り、十津川へと注いでいる。もう少し詳しく言うと、黒滝川へ流れた雨は丹生川になり、旧西吉野村を経て五條市の霊安寺町というところで吉野川に交わり、橋本市から紀ノ川と名前を変え和歌山市、紀伊水道へといたる。一方、天川村洞川に降りた雨は御手洗渓谷を滑り、旧大塔村から十津川を経て、三重県と和歌山県境を熊野川となって流れ、新宮市、太平洋へと注いでいる。

自分の家のすぐ上でこのような雨水の分水が行われていることを知って、私は子供のような感動に打たれた。

年間降水量が４０００ミリを超える大台、大峰山系の東側に降った雨は、もうひとつのルートをたどり熊野川と合流している。北山川である。上北山村、下北山村の水を集め、奈良県と三重県の間にありながら、和歌山県の飛び地である北山村を経て、熊野川へと注ぎ込む。同じ分水嶺に降った雨が、左右、南北に分かれ、まったく違う流れに加わり、かと思えば、まったく違う尾根に降った雨がいくつもの谷や沢を経て、ひとつの同じ流れに着く。「ゆく川の流れは絶えずしてしかももとの水にあらず」という方丈記の言葉は、その時々の水の別れを人になぞらえたものだが、紀ノ川になるまで、また太平洋にいたるまで、雨は物理的に不思議な交わりと別れを繰り返しながら流れているのである。

地表を足早に流れ下る雨（地表流）、地表の内部を、何十年、何百年とかけて流れ続ける雨（地中流）、樹木に吸い上げられた雨（樹幹流）、たちどころに蒸散して雲となって再度降りくる雨、さまざまに時間と立場を違えながら、今日降った雨も何十年、何百年前に降った雨や、雪溶け水とともにひとつの川に交わり、海を目指して流れてゆく。

この川の流れこそ吉野・熊野地方の歴史と地誌、風土を決定づけた要因であり、吉野林業の要衝でもあった。ほんの一世紀前まで、どれほどの木材、木製品がこれらの川を筏《いかだ》とともに流れ下ったことであろう。秀吉の大阪城、伏見城の築城には紀ノ川水系、川上郷、小川郷、黒滝郷の吉野材が大量に使用されたという。江戸城築城の際にも、紀州藩から350本もの大径材が拠出されている。これらの木材は、あるいは熊野川水系を新宮木材市場へと流れ下った木材であったかもしれない。

「法隆寺を支えた木」(西岡常一、小原二郎著)によると、「法隆寺の用材は、どこでどう運んできて使ったのか明らかではありません。その材質は私の感じているところでは、木曽でも、吉野でも、あるいは遠く離れた中国、四国のでもありません。強いて材質の似た産地を当てはめるなら、吉野ということになります。」

この西岡棟梁の話に、さらに想像を重ねてみることにしよう。もし「法隆寺を支えた木」が吉野地方のヒノキであったなら、どのような方法とルートで斑鳩の地に届けられたのであろうか。直径2・5メートル、樹齢2000年、しかも1300年経った今でも現役のこれらの大木が、紀ノ川水系、熊野川水系を流れ下ったとすればの話である。まず、伐採された後に四つ割にされ、山中において自然乾燥されたであろう。ヒノキはスギなどに比べ重量が重く、したがって水に沈みやすい。山を滑らせるにも、軽い方が仕事が楽である。加えて、法隆寺の柱は、すべて割材（芯去り材）として使われている。そして、充分に乾ききったヒノキは、何年後かの後に山をすべり下り「管流し」というやり方で大水とともに海に流れ着いたものと思われる。そこからは大阪城、伏見城築城の際、あるいは平城京や藤原宮造営の際にたどったルートと同様であったろう。淀川を遡り、巨椋池から木津川をさらに遡り、奈良坂を越えて陸路で南下して、ふたたび大和川の水運にまかせられたものと思われる。

紀ノ川および熊野川、この二河川がなかったら、吉野地方での林業史もなかったであろう。世界遺産・法隆寺も建てられていなかった、といえば言い過ぎかもしれないが……。

奈良新聞

2019年（令和元年）7月24日

精神という場所

20歳前後のころ、私はほんのわずかな瞬間、「臨死」のような状態を体験したことがある。それは山仕事のアルバイトをしていた時のことであった。伐採された木が自分の方向に倒れて来ると判断した私は、やみくもに山の下側に逃げた。しかし、逃げれば逃げるほど、覆い来る大木の影が私の頭部に迫っているのを察知していた。その瞬間はまだ逃げること、つまり生き延びようとする意識を感じていたのだが、そのあとに私は不思議な臨死状態に陥る。

私の頭に雷のような衝撃が疾った。それは幸いなことに、大木の枝の穂先に撃たれただけなのだが、大木の幹の下敷きになったものと思い込んでいたようだ。「死んでゆくのだな」と私は思った。事実、数分の間、私の意識は消え、そして、意識が消えるまでの1秒か2秒ほどのわずかな間に、私は自分のすべての過去がパノラマのように脳裏に映し出されるのを視たのである。

このような臨死体験における「記憶回帰説」をフランスの哲学者・ベルグソンが分析している。それは「溺死者や縊死者」、あるいは「滑り落ちる登山家」や「敵に殺されかかって死んだものと覚悟している兵士」らが、死の直前に自分の全過去をパノラマ的に〝視る〟ということが起こりうる。この現象は突然に生じた「生への無関心」によってもたらされたもので、通常私たちの心理にそういったことは決して起こりえない。このことはつまり、私たちの全過去は、絶えずそこに存在していて、それを視るために私たちはただ振り返りさえすればよいのだが、正常な脳の機能は現在の事態のみを問題として扱う、という内容である。

もしこの説を信じるなら、私たちが忘れたと思っている記憶の総ては、身心のどこかに残されていることになる。もちろん脳が記憶する「出来事」には、棄捨されてしまう記憶がほとんどだろう。昨日、何を食べたか、などというのは、そのもっともな例である。だが、辛かった出来事や悲しかった出来事は容易に忘れられるものではないが、老いにともなう歳月の積み重ねのうちに色あせ、そしてやはり、ついには引出しの中の思い出のように忘れてしまう。

であるなら、忘れゆく記憶は身心のどこに眠ってゆくのだろうか。ベルグソンは、記憶は意識下の「精神」に眠るという。ではその「精神」とはなにか。精神とは「意識」を意味するという。意識とは「記憶」を意味するという。記憶が存在しないなら、意識もまた存在しない、ともいう。だとすると、精神は意識によって捉えられ、塗り重ねられた記憶の総体ともいえよう。

だが、ベルグソンがいう意識とは、そればかりではない。記憶とは、それ自体すでに過去のものであり、私たちが「生」に向かって前に進もうとするためには、少し先の未来を「予期」しなければならない。つまり、過ぎ去ったものを留め、訪れるであろう未来を予期すること、これが意識のもつ役割りであり、機能である、と述べている。

ここで少し話しをまとめてみよう。意識によって捉えられ、塗り重ねられた記憶は、なぜ忘れられてしまうのだろうか。それは「生きる」ということは過去ではなく未来を志向することであり、生ある者は持続する「現在」の時間を、前に進ませねばならない。私たちは、今したことを記憶のボックスに入れ、これからすることを選択する。この持続する「今」こそが「生きる」という時間の連鎖である。そのために私たちの脳は記憶したものの中から、役立つものを引き出し、「今」の事態に備えようとする。

つまり、脳の役割りは記憶することであるのだが、生きるために役立たぬ記憶は、容赦なく捨て去ってしまう。もしくは、忘れたと思い込ませてしまう。だが、忘れたことはかならずしも消滅したことではなく、精神というデータボックスの中に「役立つもの、役立たぬもの」に仕分けされ、保存されてゆく、とベルグソンはいうのである。

結論を急ぐが、生きるうえで役立たぬ記憶、あるいは忘れてしまった記憶、それが顕現するのは「生」を諦めた瞬間であろう。「死んでゆくのだな」と私が思った瞬間に視た、パノラマのような全過去は、私のみならず、総ての人びとの「精神という場所」に眠っている。

奈良新聞
2019年（令和元年）5月29日

蒟蒻と木材

老いた母を見ていると、ついこんにゃくのことが思い出される。母はずいぶん昔からこんにゃくを作り続けてきた。畑から口に届くまでである。しかし、私は長らく、このこんにゃくに馴染めなかった。おでんの底に大量に沈んでいるこんにゃくに、恨みつらみを言うことさえあった。

そのこんにゃくについてであるが、司馬遼太郎は次のように述べている。「コンニャクのよさも歯ごたえであろう。歯と歯ぐきをこすって磨きあげてくれるような独自の歯ごたえがある。」

司馬遼太郎は「街道をゆく」シリーズのなかで中国・四川省を訪ね、こんにゃくについてかなりの踏査をしたようだが、この不思議な食べ物についての来歴を見つけることはできなかった。そこで、さらに旅をすすめ、中国・雲南の地にこんにゃくの源泉を見つけている。

「食物としてのコンニャクは雲南省が原生地らしく、それを食べることも栽培することも、ここのひとびとがはじめ、四川省や日本にさまざまのかたちで伝播したもののようにおもわれる。」と記している。こんにゃくの出自は、どうやら中国・雲南省にあるらしい。

こんにゃくの主産地といえばまず群馬県がうかぶが、そのはずで、今では国内生産量の90%をしめている。群馬県にこんにゃく栽培が定着したのは、明治初期に製粉技術が伝わったことと、輪切りにした芋の乾燥に適した上州のからっ風、そして何よりも平地の少ない火山灰土でできた地質・地形が換金作物としてのこんにゃく栽培に適していたと言えよう。

武内孝夫氏の「こんにゃくの中の日本史」によると、まず最初にこんにゃく栽培で隆盛をきわめたのが群馬県南牧村であった。南牧村についての「こんにゃく史」を読み進めるうちに、私はまったく別の方向へと想像の舵を切ることになった。というのは、この村は、２０１４年の日本創成会議のレポートで消滅可能性自治体の第一位に挙げられた村だったからである。そして第2位に挙げられたのが、わが隣村の川上村であった。レポートでは2040年までに約半数の896の自治体が消滅の可能性にあるとされ、吉野郡の自治体は、すべてが消滅可能性自治体に加えられた。とりわけ南牧村、川上村の人びとにとっては、ずいぶんショッキングな話しであったろう。だが意外にも、その下を見ると9位に吉野町、12位に群馬県下仁田町が名を連ねている。下仁田町は南牧村のすぐ北側に位置し、吉野町も川上村のすぐ下流に位置している。ともに水運と陸路によってつながり、下仁田町は南牧村のこんにゃくの加工・流通によって栄え、吉野町は川上村の木材の加工・流通によって繁栄した町だ。

商品としてのこんにゃくと木材。衰退の途をたどる過程で、いったい何が共通していたのか。もちろん地理的なつながりが両地域の産業振興に寄与したことはいうまでもないが、こんにゃくも木材もともに「重い」という致命的な要因が、運搬と流通のデメリットになったことは間違いない。明治期、こんにゃくは、南牧村のような斜面の段丘でしか育たなかった。ところが平地でもできるように品種改良され、産地は岡山、広島、茨城、福島、そして群馬県内の各地に分散していった。芋の生産も、純正マンナンを抽出する製粉の技術も、高度に機械化され、こんにゃく産業はすっかり「平地の産業」として定着したのであった。おカブを取られた南牧村では、今ではわずかに家庭用のこんにゃく栽培がほそぼそと続けられていると聞く。

一方の木材産業は自然素材がもつ「曲がる」「割れる」「狂う」などの欠点を補った加工木材へと工業化、高品質化を進めてきた。その過程で求められたのは、規格化はもちろんのこと耐久性、不燃性、不朽性などの木材の弱点である機能性が問われ、「見える部材」としての装飾性はユーザーの関心事から遠のいていった。それは、日本の「木の文化」が、稀釈されてゆく時代の趨勢であり「退化」であったような気がする。

専門家はよく「木味《きあじ》」という言葉で木の妙味を表現する。木のもつ「味わい」はおでんに沈んだこんにゃくのように、味は問われず、ただ「歯ごたえ」だけで賞味される脇役に廻されてしまったのである。そのような意味でも、こんにゃくと木材はまことによく似ている。

もうひとつ似ている点は、ともに投機性の強い商品であるということである。「こんにゃくの中の日本史」によると、こんにゃくは食べられる大きさに育つまで、3年を要する。粉にしてからでも仲買、粉屋、練り屋と多くの人の手に渡り、相場が操られた。木材も立木から丸太、製材所、問屋、小売、大工と多くの人の手を経てユーザーにとどけられる。その間にも、相場は変動し、儲ける者もあれば廃業・倒産にいたる者もある。ともに投機性というより、極めて賭博に近い商売であったといえよう。
ともあれ、平坦な土地が少なく、陽当たりのとぼしい中山間地では、こんにゃくと木材は辺境の救世主と呼べるような産品であり、華やかな時代があったことも記憶にとどめておきたい。

奈良新聞
2019年（平成31年）3月27日

村人散歩道

散歩の途中、さまざまな空き家が目につくようになった。こんもりと木々の生い茂った空き家。蔦、葛《かずら》に覆われてしまった空き家。なかば廃墟になった空き家、なかには目的もなくリホームされた空き家もある。

私はそこに住んでいた人びとを知っている。樽丸仕がいた。終日、黙々と木を割っていた。北海道生まれの双子の父親は若くして亡くなり、その後、一家は離散した。大ボラをふく豪傑老人もいた。散歩道には空き家とともに、墓碑が並び立つ。

どの空き家にも赤いポストが残されている。ときおり、過去からの便りが届くのであろうか。ポストは、空き家の唯一の自己主張であるかのように見える。色褪せた表札がそのままの空き家もある。

空き家通りを抜けると、村はずれに出る。高台に火葬場がある。この集落では、まだ集落葬が執り行われている。身近な近隣の者たちによって死者は送られ、荼毘にふされる。古老から聞いた話だが、むかしの葬送は真夜中の儀式であったそうだ。辻々に幟《のぼり》が立てられ、松明の明かりのなかを葬列が歩いたという。

私は、ふるさとの臨終を看取るように、葬列が歩いたという坂道を登ってゆく。

いくたびも花ふらせゐる春の日の乞食《こつじき》あゆむ亡びし村を（前登志夫）

昔はよく托鉢僧が来た。托鉢僧といっても、ほとんどは乞食僧に違いなかった。中には種田山頭火のような俳人がいたかも知れない。深編笠をかぶり、家の戸口に立って経を称えた。読経が済むと、祖母は差し出された木椀に茶粥を注ぎ、10円玉をひとつ与えていた。私たち悪童は、僧侶の後をついて行った。乞食僧はお寺には向かわずに、川上の墓場へと向かった。高台にあるあの焼き場である。「等覚門」と書かれた焼き場の門前まで来ると、悪童は追いかけるのをやめ、ピシャリと木戸が閉められるのを確かめてから帰ってきた。そこから先は、死者と僧侶しか立ち入ることができない禁忌のエリアだと思っていた。2、3日経って、旅僧は少しだけ木戸を開けたままで墓場を後にする。何故そうするのかは分からなかった。

俗に、神社の夜は寂しいが、墓場の夜はにぎやかだと言われる。墓場にはそれぞれの家の決められた「墓所」があり、代々その箇所に遺骨が埋められた。上に檜の卒塔婆を建てる家族もあれば、川石が置かれているだけの墓所もあった。それらの御先祖様が夜な夜な現れるとすれば、墓場はさぞにぎやかなことだろう。甲子園球場を満席にするほどの祖霊が現れるにちがいない。朝になり、多くの祖霊に見送られ、旅僧は墓を後にしたのかも知れなかった。木戸を閉め忘れたままで……。

私もそろそろ「死に方」というものについて考えなければならない年齢である。父は亡くなる数年ほど前から、裏山の墓地の改修、拡張をはじめた。そこに自分と母の名を刻んだ墓碑を置き、それから3年後に他界した。晩年に父が自分に課した仕事は、自分の墓を造るということであった。私はその墓を「しまう」ことを考えている。

墓を「しまう」ことは家を「しまう」ことである。そのようにしてポツリポツリと家が仕舞われ、集落が仕舞われてゆく。その後に続くのは「村じまい」であろう。ただ、何人にまで減少すれば「村じまい」をしなければならないかの基準はない。フランスでは36、500もの自治体があり、中にはたった6人の自治体もあるという。この村の人口は、四半世紀後の2、045年には現在の620人から181人になるという推計もある。隣接する下市町、天川村、川上村の人口を足しても2、587人にしかならない。野迫川村、十津川村、上北・下北山村を含め、紀伊半島の中央部に、巨大な人口空白地帯ができることは確かだろう。だが、そのことを憂慮する村びとは少ない。死んでから先のことは、総てが、「分からないこと」なのである。

庭に来て木の実の糞を置きてゆくイタチは村を捨てるなと告ぐ

奈良新聞

2019年（平成31年）1月30日

ケヤキと映画撮影

裏山の木々が色づきはじめた。ケヤキ、桜、楓が主で、その中に赤い山茶花の花びらがまじる。

ケヤキは私の祖父が裏山の崩落をふせぐために植えたものだ。4本ともに種類が違っているのか、同時に葉を落とすことはない。色も微妙に違っている。数年前、隣家の屋根にでしゃばった1本のケヤキの枝を切ってもらった。植えた祖父も、100年後にこれほど大量の葉を降らす大木になろうとは考えもしなかったであろう。落葉はわが家の屋根にも積もり、50メートル四方まで初冬の風に乗って運ばれる。近隣の家には、迷惑なことに違いない。

昨年11月の終わりごろ、この一本のケヤキが注目をあびた。4本の内のいちばん大きなケヤキで、30年ほど前に幹の中ほどまで枝をおろしたことがある。そのせいかスックと立つ姿は、なかなかのものだ。このケヤキが、とある映画監督の目にかなった。有名俳優を木に登らせて、映画の撮影をするという。6月に封切られた河瀬直美監督の「Vision」という映画である。木に登るといっても、誰しもが出来る芸当ではない。そこで村の森林組合に所属するK君がその指南を買って出た。青年俳優とK君は、わずか数秒のシーンのために、何度もこの木に登っていた。周辺には自然に生えた山モミジが紅く、黄色く染まり、それから数日後にすっかり冬の様相を呈した。

夏になり映画が封切られ、観てきた人が次々に感想を伝えてくれる。その感想の良し悪しは私にはどうでもいいことなのだが、ただひとり、協力者としての紹介欄に「中井家」が「井上家」になっていた、と教えてくれた人がいた。これはえらいことになったぞ、と私は内心思った。最も協力的であった嫁が怒るだろうと推測したのである。レディースデイの水曜日にその映画を観てきた彼女は、やはり不機嫌な様子で帰って来た。そのちょっとした間違いが引き金になり、映画の感想どころか、撮影最終日のスタッフ陣や河瀬監督の無作法さ、身勝手さを挙げつらい始めたのである。

最終日の撮影はほとんど秘密裏に行なわれた。公表すると「追っ掛け」というファンが押し寄せるというのである。そうなれば撮影どころではない。われわれも息を潜め、有名俳優が木に登っている様子をくしゃみひとつもできずに、軒先から見上げていた。大きなマイクが提灯のように差し出され、撮影が始まる。途端に、まず下の広場に居た声の大きな人が制された。犬も制された。薪割りをしていた人も、スマホのシャッター音も制された。さすがにカラスだけは制御できず、撮影はしばらく中断した。皆が顔を見て「シィシィ」と押し黙る「かくれんぼ」のような時間が流れた。

さて、嫁の言いぶんはこうである。トイレは開放したが、土足で上がった者がいる。薪ストーブも使っていいが、煙りが立ち昇るシーンを撮るために薪を詰め込み過ぎて、穴が空いているではないか。線香が要るというので、束ねて渡したはずなのにそのシーンがない。そして、最大の言いぶんは近所の人たちから苦情を聞かされたことであり、とどめは協力者リストの名前の間違いによって、ついに堪忍袋の緒がきれたというのがあらすじである。ようするに、異常なほどに「高飛車」で「身勝手」だというのである。嫁は撮影に携わった会社との電話のやりとりで、「亭主も怒っている」と裏ワザのレトリックを駆使したようだが、私はさほど怒っているつもりは無い。それよりも祖父が植えたケヤキが、映されることの方が何よりもうれしかった。

音や声が制されたことについて、ふと思いつくのは、もう30年も昔の村の姿であろう。風や鳥、せせらぎの音は変わらずにあるが、もうどこにも子どもの声はない。割り箸作りの機械音も、製材の音も、近ごろは木を切るチェンソーの音すらもない。じつに静かな佇まいだ。そのように考えると、薪割りの音などは郷愁をそそる音であろうに、それを異音として撮影したこの映画は、「村」を否定した映画ではないのか、と私は思う。いずれにしろ、映画中の薪割りのシーンと、風呂を沸かすための村人の薪割り作業が、私のなかでシニカルにだぶって見えた。

私たち村人には、ほぼ無意識理に埋没した諦観がある。それは、「怒る」ことをあきらめてしまい、なかば痴呆化した自分たちであろう。歴史を辿ればどこの山村にも、時勢の権力に対して、頭を垂れ続けてきた隷属意識があった。それはたとえば、コメが取れないのだから、租税を安くしてくれというような嘆願に似たものであり、今風に言えば「陳情」という表現が適う。そして、「山人」に対峙する「平地人」は物成《ものなり》の優越性、すなわち収益の寡多によって、山人を見下してきた経緯があり、それをこの小さな集落での映画撮影に観たような気がした。
　7月なかば、東京からわざわざ映画撮影に携わった責任者が、非礼を侘びにやって来た。そして、撮影から1年が経って、今年もまた貧しい山里にも秋が訪れ、裏山のケヤキも少しずつ色を帯びてゆく。

奈良新聞
2018年（平成30年）11月28日

前川佐美雄の思い出

三輪山の近くに桧原神社というユニークな形をした三ツ鳥居の神社がある。大和国原が一望できるところにあり、山の辺の道の通過点でもある。神社の境内には奈良の歌人、前川佐美雄の歌碑が建てられている。

春がすみいよよ濃くなる眞昼間のなにも見えねば大和と思へ

私は二十歳代に、この大歌人に師事した、といっても、佐美雄主催の短歌結社「日本歌人」に所属しただけであり、言葉を交わしたこともなければ、指導を願い出たわけでもなかった。前川佐美雄は一年に一度、全国短歌会の大広間の上座に、ただ座っているだけの遠い存在であった。

ただし、一度だけ声をかけてもらった記憶がある。日本平という旅先の短歌会でのことであった。一夜が明けて次の日の朝、佐美雄は何人かの弟子とともに芝生に立って夏富士を眺めていたが、私と目が合った途端にすたすたと近づいて来た。小柄で眼光するどく、細面の顔をしたその鶏ガラのような老人の質問は、じつにあっけなかった。私は自分の短歌について聞かれるのかと思い、たぶん干物のように固まっていたと思う。奈良県人独特の関西訛りで「君、黒滝やてなぁ。おれと同級の、中村ジサブロウというやつ知っとるか？」その唐突な質問に、私はどのように応えたか覚えていない。昭和56年のことで、私は27歳、前川佐美雄は80歳、私からすれば祖父の世代である。佐美雄の同級生など知るはずもないが、その的外れの質問の「おかしみ」は佐美雄短歌の祖型として、もしくは骨組みとして読み直すことができる。

じっさいに佐美雄の歌には、思わず吹き出してしまうような作品がある。

牛馬《うしうま》がもし笑ふものであつたなら生かしておくべきでないかも知れぬ
さんぼんの足があつたらどのやうに歩くものかといつも思ふなり
なにゆへに室は四角でならぬかときちがひのやうに室を見廻す

ひじやうなる白痴の僕は自転車屋に蝙蝠傘を修繕にやる
あを草のやまを眺めてをりければ山に目玉をあけてみたくおもふ

もし、牛や馬が笑ったなら、もし、3本の脚があったならどのように歩くか、などという奇異な設問は桂枝雀さんが落語のネタにしそうな発想である。だが客を惹きつけるためのギャグと佐美雄短歌の「おかしみ」とは、どうもニュアンスが異なるように思える。師弟関係にあった前登志夫はその差異を「感受性の受難」という表現で的確に言い当てている。

「佐美雄は、おかしさにおいて現実世界を空無化しているといえよう。日常のきわめて具体的な事物を、独特のおかしみを持って反転させたり、風穴をあけたりする。」と述べ、そこまでは落語と同じなのだが「佐美雄の歌にみられるおかしさは、事物が日常の殻をいきなり脱ぎ捨てて、本来の姿に還る瞬間におこるなにかきまりのわるい、羞恥の感情に根ざしているのではないか。」とも述べている。「独持のおかしみ」は「羞恥の感情」から湧きおこる、いわば関西人がよく使う「けったい」な様に通じるものがある。「あの人、けったいやな。」という言い方と同様に、佐美雄の短歌は「けったいな歌」なのである。その「けったい」さは、佐美雄に師事した塚本邦雄にも山中智恵子にも前登志夫の歌風にも受け継がれることがなく、佐美雄という個性の「感受性の受難」にのみ置きとどめられた。いわば佐美雄の「おかしみ」は、人を笑わせるための作為ではなく、童子的な感受性から発現した情動、言いかたは悪いが「癇癪」や「疳虫」のようなものではなかったろうか。脚が3本あったなら、なぜに部屋は四角でならぬのか、などという珍妙な問いを、佐美雄は大まじめに「感じ」つづけた人であった。

佐美雄は奈良の人であるが、晩年はなぜか茅ヶ崎に移り住んだ。亡くなる間際まで、故郷の奈良を思い、「奈良に帰る、と何度も譫言《うわごと》のように言い続けた。」というエピソードを、ご子息の前川佐重郎氏が書いている。「奈良には亡霊がいるが茅ヶ崎にはいない。」とも語っていたという。

私たちは「大和」と呼ばれるこの地が、またこの地に根付く蒼古とした歴史が、前川佐美雄という歌人を育んだ風土であることを、ささやかな誇りとしたい。

奈良新聞

2018年（平成30年）9月26日

雲煙の彼方　十津川村

司馬遼太郎は「街道をゆく・十津川街道」のなかで、出征直前の二十歳に辿った吉野紀行を回想している。そのおぼろげな記憶は、意外にも目的地の十津川村からほど遠い、私の村から始まるのだが、作者自身も「十津川村にゆくのになぜそんな黒滝村などにいったのか」と不思議そうに述べている。まず「吉野から入って十津川村を縦貫し、熊野へ南下して潮岬か新宮に出る徒歩旅行」が目的であったという。兵役を間近にひかえた、「今生の思い出」の旅でもあった。

吉野から入った司馬さんを含む3名は、その夜、黒滝山中の「神殿」で寝た、とある。裸電球がひとつぶら下がった畳の部屋であった、と記しているが、神殿の床が畳敷きであるような神社は、いくら探してもわが村にはない。3人は吉野山から、黒滝村の百貝岳に迷いこみ聖宝《しょうぼう》・理源太子を開祖にもつ、山中の「鳳閣寺」で寝たのではなかろうか。「神殿」と呼ぶのは適切とは思えないが、寺の境内にはたしかに鳥居もある。吉野からそこに至るまで「村々がほとんど存在しない」山中の社寺は鳳閣寺しか思い当たらないし、下市町から黒滝村を経て天川村にいたる修験コースは司馬さんが13才のころ、すでに辿っている。

ともあれ、司馬さんたちは、その「鳳閣寺?」のあたりで「十津川村にゆくなら、まず大塔村に行きなさい。」と教えられたという。そこで、当てずっぽうに西へ南へと進路をとった彼らは、何日目かに大塔村・阪本にあった寺院のとなりの納屋で一夜を明かした。あくる朝、納屋から這い出てきた3人を見つけた寺の住職は、まもなく兵隊になるであろう青年たちを呼び寄せ、白粥と漬物をふるまい、あたたかくもてなしてくれたという。それから、たぶん2、3ヶ月後の昭和18年11月、司馬さんたち3名は、学徒として兵役に就いた。

後日「十津川街道」を書くにあたって、その禅寺を訪ねたところ、すでにそこは猿谷ダムの湖底に沈んでいることを司馬さんは知った。司馬さんたちの無計画な若き日の「十津川紀行」は、その禅寺から方向を違え、野迫川村から高野山に迷いこみ、ついに果たせずに終わっている。

この小話が物語るように、十津川村は、私の村からもはるかに遠い。もともとは

「遠《とほ》つ川」であったという。司馬さんは「はるか雲煙のかなた」の村と表し、「人馬不通の大山塊」と言い切っている。にもかかわらず「兵力の貯蔵地」として、つねに日本の歴史舞台に登場する草莽《そうもう》の村であった。

十津川郷の山民たちは、律令国家体制の幕開けになる「壬申の乱」に天武方に加勢し、それから以後、免租地としての利権を得る。保元の乱（1156年）においては「吉野十津川の、さし矢三町、遠矢八丁のものども、すでに千余騎」の兵を京に集結させる、とある。（保元物語）「さし矢三町」というのは、330mの飛距離を、ライフル弾のように水平に矢を飛ばすということであり、「くろがねの盾をもってしても負け戦さになると、敵方は予測している。よほど、十津川郷の兵力が怖かったのであろう。詳細は省くがその後も、南北朝の動乱、大阪冬の陣、天誅組の変、戊辰戦争、維新革命と、ことあるごとに十津川郷の山民が、徳川や勤皇派に加勢している。—免租地—すなわち徴税を免れることは、十津川人にとって、戦地に身を賭することであり、引き換えに「郷士」としての矜持を身の糧とすることであった。

大作家になった司馬さんは、昭和52年、ふたたび「十津川街道」を辿る。坂本龍馬暗殺の舞台となった京都において、「十津川郷士」を騙る数名の暗殺者の刃に龍馬はたおれ、その「近江屋事件」が、司馬さんの十津川行きの動機にもなったのであろう。幕末の京都には、薩摩や長州藩のように、小さいながらも十津川藩邸と称するものがあった。狩猟や畑作、炭焼きや杣《そま》を生業としながらも、十津川郷の山民は、つねに世情に関心を寄せ、政治的な立志を持ち続けた。「街道をゆく・十津川街道」のなかで司馬さんは、明治にいたるまでどの領主・領地にも属さなかった「共和国」のような村、と十津川郷を評している。

十津川村は広い。黒滝村の14倍もある。だが、人口はわずか3250人。琵琶湖や淡路島よりも大きなこの村が消えるとき、私はおそらく日本という国も無くなるだろうと思うのである。

奈良新聞

2018年（平成30年）7月25日

「はし」が繋ぐ出会い

「橋」と「端」、「間《はし》」の語源は同じであるとされる。道を行き、「端」に行き当たるとそこに川がある。その「間《はし》」に渡されたなんらかの構造物が「橋」であるという。

橋といえば、役行者《えんの》伝に葛城山と大峰山との間に岩橋を架けようとしたという説話がある。田中角栄も仰天しそうな壮大なプランだが、吉野川の氾濫に苦しむ民衆のための、救済事業であったという説がある一方で、金や銅鉱などの鉱物資源を北部に持ち帰る道路計画であったという説もある。

「橋」について考えてみると人が行き来するだけの「間」の概念と、物資を移送する流通インフラの「橋」の概念が見えてくる。たとえば、現在でも私たちが参考にしている江戸時代の古地図には里道や水路はあっても、橋の記載はない。地図上の里道は川の手前で途切れ、川の向こうからまた新たに道が始まる。どうやら昔の人は橋を流通の「道」とは考えなかったようだ。ただ「渡る」だけの「間」であって、道の果て、つまり「端」であり、そこに石を並べるか、丸木を2、3本並べれば、それもまた「橋」と名づけられた。

桜井市出身の評論家・保田與重郎は、日本の橋は「けだものが作ったような橋」と貶しつつも、「橋は道の延長であった。極めて静かに心細く、道のはてに、水の上を超え、流れの上を渡るのである。」と叙情的な風景として捉えている。くりかえすが、日本人にとって、橋は恒久的な構築物ではなく、人が渡り、誰かと出会うための「間《はし》」であり「端」でもあり、さらにいえば、現実としての橋は、つねに時空を流出させてしまう「場所」に過ぎなかったのである。橋には日本古来の無常観が潜在していたといえよう。

日本人は農閑期の10月になると橋を架け変えた。丸太を組んだ木橋や、吊り橋の原型でもあるかづら橋、木の板船を浮かべた浮橋など、保田が言う「名もなく、その上悲しく哀れっぽい」橋を、昔の人たちは道ではなく彼岸と此岸を繋ぐ「場所」、もしくは風景として設置したのである。

一方で、物資を運ぶための橋梁の発想は、前述したように役行者の時代から存在したものの、それは虹の橋のような仮想のイメージにすぎなかった。物資の流通は、もっぱら帆船や盧船が主流で、この船の時代は太古より始まり、ごく最近まで続いた。河口から陸路へも、橋を介してではなく物資は運ばれた。したがって、船の歴史は橋よりも格段に古く、生活と流通を担う、水上の「里道」と表現しても、あながち間違いではない。それを紀伊半島のふたつの河川でみてみよう。

紀伊半島にはふたつの大河川がある。紀ノ川と熊野川だ。紀ノ川は半島を横に分断し、熊野川（十津川）は縦に分断する。古来より昭和の始めごろまで物資の流通は、この二つの河川に頼っていた。反面、紀伊半島が交通の利便性から取り残されたのも、たたなづく山塊とともに、これらふたつの河川によってはばまれ、分断されていたからである。その地勢的なリスクは今でもさほど変わっていない。

自動車社会になってからはさらに、物資の流通や人びとの交流・交易は大規模な鉄製の橋に置き換えられ、川舟の存在はしだいに忘れられていった。

「橋」がまだ「端」であった時代、川の要所となるところに、「渡し」と呼ばれる舟による渡り場が設営されていた。吉野川にも「桜の渡し」「柳の渡し」「椿の渡し」「桧の渡し」と呼ばれる渡し場があり、いまではその箇所に桜橋、御吉野橋、椿橋、千石橋が架けられている。大淀町六田にあった「柳の渡し」は大峰奥駆け・逆峰《ぎゃくぶ》の始まりの地点でもあり、記録上の歴史は古い。だが、同じころ、上流の吉野町宮滝のあたりに「柴橋」という木橋があったことを知った。この橋の風情を源義経がほめたたえたという記述が、吉野林業全書にある。約12mの松の丸太を2本渡し、1・2mあまりの板を横に並べ、柴垣のフェンスをしつらえただけの粗末な橋であったらしいが、どうやらこの橋は太古の昔から、場を違えずに架設された形跡がある。

先日、友人の案内で柴橋が架けられていたという吉野宮滝を訪れた。川端では「幻の吉野宮」の発掘が進められていた。そのすぐ上流に、ふたつの橋台が8メートルほどの川幅をはさんで向かいあっている。橋を架けるには、うってつけの場所だ。それは、金峯山、大峰への入り口でもあったが、古くは天武帝や義経、南朝武士たちの隠れ道にもなった。

水に身を浸すことなく、密かにこの橋を通過し、隠国《こもりく》吉野への「山隠れ」を果たしたのである。

奈良新聞

2018年（平成30年）5月23日

桜が見せる「生と死」

吉野の歌人、前登志夫は生涯を通じて花の歌を詠んだ。4月のはじめに亡くなる数日前にも、車窓から広橋峠のしだれ桜を、自分を看取るようにながめていたという。それから10年が経った。花といえば西行の歌が浮かぶが、前登志夫も桜の下で西行の次のような歌を想い浮かべたかもしれない。

仏には桜の花をたてまつれ我がのちの世の人とぶらはば
いかで我この世のほかの思ひでに風をいとはじ花をながむる

桜を見て、もっぱら感じるのは死と再生の予感であろう。時間が遠くに去ってしまうような疎外感ではなく、またもとの位置に時間が戻ってきたような生命の再来を、私たちは感じる。と同時に、散っていく花とともに、やがて死んでいく自分や、肉親の姿を知らぬ間に想起してしまう。この相反する感性は、おそらく日本人特有のスピリットであろう。桜が咲き、ほどなく散ってしまう過程において、私たちはほぼ無意識裡に死と再生の予感を灼きつけるのである。

いくたびも花ふらせゐる春の日の乞食《こつじき》あゆむ亡びし村を
屍骸《しかばね》となりゆくわれにふる花の山桜こそ遠く眺むれ
死に失せし人さへもりをさまよはむ花びらしろく流れくる日は
死にざまをさらにおもはじ咲きみちてさくらの花もゆふやみとなる

いずれも桜を詠った晩年の作品である。若き日の歌に「さくら咲くその花影の水に研ぐ夢やはらかし明日の斧は」の清涼な一首とくらべて、晩年のこれらの詠草は、そこはかとなく暗い。「死にざま」を想定した死後の歌、あるいは生と死の原点を見据えたような詠みぶりである。

このように、桜の花は見る者の立場や年齢によっても大きく違うし、まして病床に臥すに作者にとって、満開の桜、はらはらと散る桜は自分が生きてきた「生」そのものを照射する。巡りくるもの、そして去りゆく立場にある自己の生を照射し、桜が咲き、散ってゆくまでの時間に仮託する。それを、悲しみと呼ぼう。さびしみと呼んでもいい。だがどのような言葉や表現をもってしても、解り得ないのが人間の生き死にの意味であり、「生きるとは何か」という、回答もなく、ほとんど意味もない「問い」にたいして、満開の桜だけが、やけに明るい。「たえて桜の」のという小文のなかで、前登志夫は次のように述懐している。

「桜の花はこの上もなく明るい。そして淋しい花でもある。人に他界を見せる花だと言ってもよい。花吹雪の下にいると、古来数知れぬ鬼どもがその花の下に睡っているのを実感させられる。」

坂口安吾は「桜の森の満開の下」に、花びらに埋もれて消えてしまう妖艶な鬼女を登場させた。梶井基次郎は屍肉から養分を吸い上げる桜をイメージして「桜の樹の下には」という小説を書いた。満開の桜は、人に「他界」を見せる花、死界をイメージさせる花なのである。

しかし一方で、これほど季節の再来と生命の息吹きを告げ知らす花もない。桜の花の下を、新たな希望をいだき、歩む人がいる。ブルーシートの上で、狂気のような酒盛りに興じる人びとがいる。吉野山には何台ものバスが連ね、50万人の花見がくりひろげられる。西行のように「まだ見ぬ方《かた》」に一本の山桜を訪ねて歩く、情趣の深い旅びともいることだろう。

今年もまもなく、桜が咲く。その明るさの中に、生き別れ、死に別れてきた人たちとの出会いもある。

⋯⋯⋯⋯⋯⋯⋯⋯⋯

前登志夫が亡くなりその半年後、吉野山・金峰山寺に歌碑が建立された。その歌は、「さくら咲くゆふべの空のみずいろのくらくなるまで人をおもへり」という平易な歌である。しかしこの歌中の「人」というのは生者であるか、死者であるかの表現はない。特定の個人をいうのか、ひと一般をいうのか、あるいは生きて在る人をいうのか、もしくは、死んでしまった人たちをいうのか「読む者がかってに判断してよろしい」とでも言っているかのようだ。

トリックのような桜の歌を吉野の山にしたため、10年前のこの季節に前登志夫は去った。

奈良新聞

2018年（平成30年）3月28日

「幸福度の追求」へ舵

日本の近未来を予測する場合、避けて通れないふたつの問題がある。ひとつは少子・高齢化という人工減少の問題であり、もうひとつはＡＩと呼ばれる人工知能が、社会システムをどのような姿に変えてゆくかという、いささか不安を含んだ未来図である。

人工減少の問題は、いまさら始まったわけではなく、18世紀に書かれたマルサスの「人口論」がヨーロッパ諸国での議論の口火をきった。マルサスの人口論を一言で要約すると「食料が増えれば人口はかならず増える。」というものである。この論理は過去からの農業社会に照らし合わせてみる限り、どこまでも正しかった。しかし、現代の先進諸国にあてはめてみると、じつはそうとも言えない。

平成17年（２００５年）日本は初めて人口減少国に転じた。米国以外の他の先進国もアジアの新興国でも２０３０年ごろから、本格的な人工減少が始まるとされる。うれしい事ではないが、日本は先んじて人工減少に転じた先進諸国でのモデルケースになった。これを「ジャパンシンドローム」というらしい。

人口動態の推移を中国の歴史で見てみよう。中国の戸籍調査は日本より700年も古い漢の時代、約2千年もの昔から始まる。人頭税と呼ばれる徴税と懲役を主な目的とした戸籍調査であった。中国の人口が1億を超えたのは、西暦1500年代の北宗の時代である。比して日本の人口は約1千万人、室町時代である。その200年後の1720年代の清朝の時代から、中国の人口爆発が始まり、1830年には4億人に達した。わずか100年で4倍も増加したことになる。そののち、アヘン戦争以後、欧米列強の進出、日清戦争などの戦禍により中国の人口は減少に転ずる。

一方、日本の人口は1721年、徳川吉宗が戸籍調査を始めたころの3100万人から、明治維新までの150年間もの間、ほとんど変わることがなく3000万人強を維持した。中国の人口爆発の時代、日本では「間引き」などの人口抑制策が制度化されていたことが一因だとされる。私的意見だが、この人口調整により、江戸期の経済の安定、教育・文化水準の高さが築かれたのではなかろうか。その静謐な時代史の陰に「間引き」や「口減らし」、「姥捨」という歴史の「闇」が存在したことも、よく知られた事実である。

中国の人口減少が続いていた明治期から、日本は一転して人口の増加期に入る。明治5年（1872年）3400万人から明治45年（1912年）5000万人を突破して、昭和11年（1936年）には7000万人と60年間で倍になった。さらに太平洋戦争をはさんで、東京オリンピックのころに1億人を超え、平成15年（2004年）の1・27億人をピークに減少に転じる。偶然かもしれないが、いつの時代にも中国は日本の10倍の人口を擁していた。

ここで大切なことは、人口を「国力」ととらえるかどうかである。たしかに、人口が増えてゆく状況のもとで日中両国ともにGDP10％超という経済成長を成し遂げた。だがこれからの日本は、かつて類例のなかった人口減少時代を迎える。九州の面積を上回る410万haの所有者不明土地、820万戸の空き家、30年後に消滅するとされる約半数の自治体、42万haにのぼる耕作放棄地、そして昨年度、出生数は初めて100万人を切った。死亡者数は129万人。しのび寄る人口減少時代の予兆である。

ひとつだけ言えることは、日本はやがて「国力」を追求しない国へと舵を切らねばならないだろう。経済成長や軍事力も影を潜め、グローバル経済からローカル社会への移行を余儀なくされる。それを国力の衰退と見る人もあれば、「幸福度の追求」をはじめた国として、賛美する国際世論が現われても不思議ではない。経済指標だけで考える企業や経済人は、人口減少を国力の「衰退」と囃すだろう。国も同じだ。根拠に乏しい出生率を想定して、人口を1億人にとどめようとしている。だが、今の子供から若年層、またはこれから生まれてくる子供たちは、GDPで計られる経済力が、本当の豊かさに繋がる「国力」であると、はたして考えるであろうか。「国力」というただの威勢にも似た世界地図は消え、「豊かさ」という真新しい日本の地図が広げられることを想像することにしよう。

奈良新聞

2018年（平成30年）1月31日

紀伊半島の生い立ち

河原で小石を十数個拾って来た。白、黒、赤、黄、緑、茶色、丸い石、尖った石、どれも同じものはない。地質学者ならこれらの石粒の来歴を語ることができるのだろうが、私が判るのは色と形だけである。私の地区は「赤滝」というところだが、所々に赤い岩石が露出した渓谷があり、地名の由来はそこから来たと聞いている。専門用語では赤色チャートと呼ばれる岩体らしい。

以下に述べることは、すべて「らしい」を前提にしている。

紀伊半島の定義はどのあたりから下をいうのか定説はないが、中央を走る中央構造線以南をそのように呼ぶ説がある。主に高野、熊野、吉野、尾鷲地域である。中央構造線は長野県の諏訪湖に始まり、三重県の櫛田川、紀伊半島の紀ノ川から四国・吉野川を通り、九州の八代まで続く大断層である。この断層より上部は、領家変成帯と呼ばれ、約７０００万年前までアジア大陸と一体であった。紀伊半島や四国南部、九州南部などの（四万十帯）地層は、大陸に押し付けられ、くっついてできた陸地である。このように深海の堆積物が持ち上げられてできた陸層を「付加体」と呼ぶ。「付加体」はさまざまな岩質から成り、さまざまな形成要因と陸海両域での歴史を持つ。深海に堆積したプランクトン（放散虫）の殻、あるいは海底火山から流れ出たマグマ、窪地に溜まった泥や砂礫、またはサンゴやウミユリなどで、順に代表的なものをひとつあげると、チャート、花崗岩、砂岩、石灰岩、である。

付加体は南海トラフなどでのプレートの沈み込みによって、削り取られ、持ち上げられた海底地層の一部である。たとえば、スコップで雪かきをすると、地面から巻き上がるようにグチャグチャになって浮き上がる。その集められて出来た雪山が、大峰山脈や大台ヶ原、高野山であると考えてもいい。

もう少し、身近なところに目を転じてみよう。拾ってきた石粒の多くはチャートと砂岩と石灰岩である。海底由来の石ばかりで、陸地由来の火成岩はない。チャートはさきに述べたように、深海に堆積した放散虫の死骸であり、わずか2ミリの地層を形成するのに千年の歳月を要するという。拾ってきた赤色チャートは2センチほどの層状の厚みがあるので、この小石の層に1万年の時間が眠っているということだ。このようにただの小さな石ころにも、地球が育んできた気の遠くなるような時間と生命の生い立ちを観ることができる。人間の経験値からは、到底はかり知ることのできない「永遠」という時間の堆積物だ。

紀伊半島の地層は、位置的には北側が古い。大峰山系の地層年代も上部が古く、地下部に下がるにつれ、新しい地層によって形成されている。剥ぎ取られた付加体が、下層にもぐりこんで出来たからである。部分的には、川上村の入之波《しおのは》の石灰地層から、最も古い3億3千万年前の「四射サンゴ」という化石が発見されたそうだ。その上部に、1500万年前に噴火した大台ヶ原の火成岩が乗っかっている。鍋蓋のようになった火成岩の下では良質な温泉脈がつくられている。

河原の小石に混じって、奇妙な石ころを発見した。白い塊のなかに数種類の違った石粒が閉じ込められている。昭和34年の伊勢湾台風後に、上流で大規模な護岸工事が行われ、6年前の大水害によって流出したコンクリートの破片だ。コンクリートの寿命は、わずか数十年なのである。人間は、文明とか科学技術の進歩を神の啓示のように崇拝するが、地球史からみれば「よどみに浮かぶうたかた」をせっせと造っているに等しい。

赤色チャートが露出した渓谷は「赤岩」という地名で呼ばれている。その横の川辺に、吉野の歌人・前登志夫の歌碑が建てられている。

水底に赤岩敷ける戀《こ》ほしめば丹生《にふ》川上《かはかみ》に注ぎゆく水
ものみなはわれより遠しみなそこに岩炎ゆるみゆ雪の来るまへ

「ものみなはわれより遠し」と歌人は詠うが、人間にとっていちばん遠いのは、この『地球』なのかも知れない。

奈良新聞
2017年（平成29年）10月25日

高麗・トチバ人参　考

高麗人参、いわゆる朝鮮人参は享保年間の1729年、人工栽培に成功して以来、「オタネ人参」とも呼ばれるようになった。聖武天皇の時代に渤海国よりもたらされ、朝鮮半島に自生する霊薬として、銀と交換された記録が残る。正倉院御物の中の一品でもある。

栽培を確立したのは徳川吉宗で、1738年、人参の種子を各藩に下賜《かし》し、今風に言えば「国策」のごとくに栽培を始めた。朝鮮からの人参の輸入が大量の銀の流出を招いたからである。

オタネ人参の人工栽培は豊臣秀吉からの悲願であった。1592に朝鮮から種子を持ち帰り、栽培を試みている。人参の栽培は家康にも受けつがれ、黒田官兵衛、伊達政宗、平賀源内、徳川家光らの試行栽培をへて、ようやく吉宗によって日の目を見た。たかが人参、されど霊薬、聖武天皇が手にしてから栽培に成功するまで、ちょうど千年のひらきがあった。

オタネ人参の効能と高貴薬としての名声に隠れて、日本に自生するにもかかわらず、忘れられてしまった人参がある。トチバ人参、チクセツ（竹節）人参などと呼ばれているが、葉、茎、花実の形状はオタネ人参と同じで、ただ根の形が著しく違っている。竹の根のように横に伸び、節をもつ。見つけた人は、まったく同種の植物と思っても不思議ではない。

この人参は、別名「吉野人参」もしくは「直根人参」とも呼ばれていたが、吉野山中に多く自生していたからであり、いわば後づけの名称であろう。徳川吉宗はオタネ人参の栽培に成功した同じ年に、植村佐平次という採薬師を送り込み、吉野山中にて大規模な「人参掘り」を行っている。

「享保十四年三月に江戸をたった佐平次いっこうは、東海道を下って伊勢に入り、四月四日に宇陀郡室生村に入り、次第に南下して、吉野郡の各地で採取している。」（銭谷武平著大峯今昔より）

こののち佐平次らは、数百人の村人を集め、曽爾村、御杖村、高見へと渡り、川上村高原を基点にして、川上村、大台一円で採取し、吉野町から下市に出て泊まり、さらに黒滝村赤滝を基点に、大天井岳、上北山村、釈迦ヶ岳から下北山村池原で宿泊。その間に採取した吉野人参は「都合しめて千九百十一根にのぼった」と著書は記している。4月初めから6月末までの約2ヶ月間に、大量の人参が掘り尽くされたのであった。しかも、春先の時期で、わずかに花蕾ができる頃であり、実生による栽培を試みようとした形跡はない。ただただ、人参のみを江戸に持ち帰る乱獲プランであったように思える。（一部は下市・願行寺の薬園に仮植したと伝わる。）こののち、さらに佐平次らは高野山から天川、西吉野へと足を延ばしている。オタネ人参の実生栽培を成功させ、種子を配った吉宗が、なぜその同じ年に吉野一帯のトチバ人参を乱獲をしたのか、今では謎でしかない。

トチバ人参は正保3年（1647年）、薩摩藩に渡来した明国の漢方医、何欽吉《かきんきつ》によって発見された。霧島の山中に生えていたのを見つけ、朝鮮人参と姿かたちがまったく同じの、この人参を「和人参」「薩摩人参」として処方した。いい加減な医者なら「朝鮮人参」と騙ったことであろう。だが、薬効は朝鮮人参に劣らず、現在の研究においても健胃、痛み止め、解熱作用はそれにまさるとされている。

ひと昔も前のことだが、東吉野村高見の山中で人参掘りをしている人がいた。訊いてみると「足が痛むのでチョッコ人参を掘っている」と言う。なるほど半径10メートルほどの範囲にその植物が固まって生えていた。直根人参、すなわちトチバ人参のことである。その人も「この人参の植生は絶えたと思っていた」と話した。

もうひとつ、ごく最近のエピソードがある。近隣の人にこの人参の話をしたところ、「それなら、すぐ近くにある」と言う。さっそく連れていってもらったのは、杉林の中の少し明るい所で、ほとんどの草本は鹿に食べられているが、トチバ人参とマムシ草だけは鹿も食べないとみえて、わけもなく見つけられた。6月半ばのことで、ちょうど佐平次らが歩き回った頃だ。数本から10本が固まって生え、花実はないが、所々にポツンと一本立ちしているのは、線香花火のように白い花をつけていた。それが秋になると赤い実になる。私はなんだか、内緒の宝物を見つけた子供のように、ワクワクした気持ちでその場を後にした。

佐平次、何欽吉も、同じような気持ちを味わったに違いなかった。

奈良新聞
2017年（平成29年）8月23日

「漂泊の民」サンカ

小さいころ多くの行商人や漂泊民のような人びとが、やってきたことを覚えている。売薬人、金魚売り、遍路僧、木槌売り、獅子神楽、道具屋、刃物研ぎ、小間物屋。なかでも遍路僧は法衣姿に菅笠を被り、本物の漂泊者の風体であった。家の前に立ってお経を唱え終わると、祖母は僧が手にしている木椀に茶粥を入れ、10円玉を1つ与えていた。遍路僧の後を面白がってついていくと、どの僧も決まって墓場にむかった。焼場の片隅で眠ったものらしく、「等覚門」と書かれた木戸が、何日も開いていたことを覚えている。

漂泊の民に「サンカ」と呼ばれた人びとがいる。私の地区では見かけたことはないが、母の実家への里帰りの際、数キロ下流の橋の下に、襤褸《らんる》を纏った何組かの家族が暮らしているのを見た。今から思うと、あの人たちがサンカでなかったかと思う。サンカという呼び名は、われわれがそう呼んでいるだけで、各地に共通した呼称があったわけではない。「ポン」「オゲ」「ヤマモン」「ノアイ」「箕つくり」「カンジン」など、各地に異なった呼び名が残っている。その橋の下の人たちは、地区の人から「オミサン」と呼ばれていたと聞いている。
奈良県下でも下北山村にはサンカの詳しい伝承がある。（下北山村村史より）この地方では「カメツリ」「ウナギツリ」というネーミングでよばれていたようだ。村人との交渉もあり、釣ったうなぎを売り歩き、または竹籠や箕などの竹製品を作って売り歩く話を、沖浦和光氏が「幻の漂泊民・サンカ」の中で紹介している。村の人たちにとってサンカは、一般的に言われてきた被差別民ではなく、同じ山の中で暮らす「仲間」としての存在であった。
柳田国男のサンカの記述も、下北山の村人らと同様に、懐古的であたたかいものがある。「なお遠く若王子の山の松林の中腹を望むと、一筋二筋の白い煙が細々と立っていた。ははあサンカが話をしているなと思うようであった。もちろん彼らはわざとそうするのではなかった。」（「山の人生」より）
だが、この記述には、ひとつ小さな矛盾がある。というのはサンカは火を使わない人々、とされているからだ。ともあれ謎の存在であったサンカが、火を使わなかったというのもただの風説にすぎないのだが……

サンカは風物詩のように、決まった所に現れ、また季節の変わるころにフッと居なくなるのが常だった。そのような行動から、異界に暮らす人びと、また明治の初期には犯罪者集団というレッテルを貼られたこともある。だがおおむね、サンカは開けっぴろげで、自分らの出自・素性は語らないが、里人たちとの調和を図り、竹を伐れば料金を払い、川魚や竹製品を売り歩けば金銭を受け取る。彼らの行動は理にかなったものであったと、多くの評者は述べている。

下北山の人たちは、サンカは異形の者ではなく、いずれ自分も、村、もしくは現世から見捨てられたとき、受けいれてもらえる異界があることを、サンカのたたずまいの中に観ていたような気がする。

これと良く似た話を、哲学者の内山節氏が書いている。群馬県上野村には１９５５年ごろまで「山上がり」という慣行があったそうだ。借金苦から逃れるための「夜逃げ」「山隠れ」と考えてもよい。家族ともどもに、山に上がり小屋を建て、木ノ実や魚を獲って暮らす。その間、働ける者は町に出稼ぎに行き、まとまったお金を得たなら返済し、もとの暮らしに戻るのだそうだ。山上がりを宣言すれば、どの山の木を伐ってもいい。ただし、村の人々は必ず味噌を十分に持たせて送り出す義務があった。

私はこの話しには続きがなければならないと思う。もし借金を返せなければどうなるのだろう。昔の山は豊かであったとはいえ、山小屋暮らしの家族が何年も生きていけるだけの糧を与えてくれたであろうか。返済するのは、やはりお金であって、木の実や魚ではない。サンカも自給自足のかたわら、川魚や竹製品を売り歩いている。いわば、サンカはサンカとしての来歴を選び、里人は里人としての生き方しか出来なかったようにおもえる。だから借金の「返済」を念頭に置き、山に「上がる」のである。

これも風説にすぎないが、サンカは山に逃げてきた人々を快く受け入れたという。「山上り」を宣言して帰れなくなった村人も、サンカや木地師たち、「山に生きる人々」たちの中に紛れ込んでいったという、隠された民俗が存在したのかもしれない。

奈良新聞

2017年（平成29年）6月28日

大峰奥駆道・捨身の行道

5月初めになると、「山上参り」が吹き鳴らす法螺貝の音が私の山里にも下りてくる。吉野山から山上ヶ岳への24キロの道のりを、大勢の修験者たちが歩き始める頃だ。その中間、12キロの処に「百丁の茶屋」がある。吉野山金峰山寺から大峰山寺までの二百丁は24キロで、ちょうど中間の百丁に位置することからこの名称で呼ばれてきた。本来は「二蔵宿」「二人宿」ともいう。このあたりはわりと平坦な道で、息も切れずに法螺貝を吹き鳴らすことができるのだろう。急峻な坂道ではテンポをとるように、山伏たちは少し間のぬけた掛け声を掛け合う。「懺悔、懺悔、六根清浄、さあんげ、さんげ、ろっこんしょうじょ」

世界遺産・大峰奥駆道は熊野本宮大社から吉野までの150キロの峯伝いの行道である。その間に75の「靡《なびき》」と呼ばれる修行場があり、「二蔵宿」は第69靡、山上ヶ岳は67靡とされるが、「靡」の言葉の由来は諸説あり、わからない。ただ、それらの箇所には窟《いわや》と呼ばれる洞窟があったり、湧き水があったり、宿地になるような平地であったり山頂であったりする。いわば2キロ区切りの休憩ポイントを聖地とし行場としたのであろう。修験者たちはこれらの箇所で般若心経を唱える。

もう40年も昔のこと、私はこの大峰奥駆道の百丁茶屋あたりで、白装束のひとりの若い行者に出くわした。千日回峰を遂げようとする柳沢慎吾さんである。芸能人の柳沢慎吾とは似ても似つかない。色白で痩身、私は「こんにちは」と声をかけたが、相手はペコリとお辞儀をしただけで木漏れ日のなかに消えて行った。千日回峰は無言の行なのである。知らなかった私は、「愛想のない人だ」と思いながらも一瞬のこと、その人の眼の清浄さにうたれた。澄んだ水のような眼である。あるいは鳥獣虫魚の眼にも似ていた。それから以後も、午後2時過ぎになると、往復48キロの奥駆道を抖擻《とそう》する柳沢師の姿を何度か見かけた。千日回峰行は5月2日から9月22日までの143日間を1日も休まず8年かけて抖擻する。午前0時30分に出て午後3時過ぎに金峰山寺に帰山、1日の食事はおにぎりがたった2個。途中で挫折することがあれば、持っている短刀で自決することが定めである。柳沢師は大峰千日回峰行を成し遂げた第1

人者であり、私はというと、山の頂きで木を伐っていた20歳代の若者であった。

じつは私もいつかこの奥駆道を踏破してみたいという願望があった。柳沢師のような荒業に臨もうというのではない。あるいは、真言密教の奥義を体得したいという大それたことでもない。ただ、歌聖・西行も歩いた捨身の行道を歩き、山の霊異に身を浸してみたかったのである。今でもその願望はあるが、手遅れになってしまった感がぬぐえない。身の衰えをひしひしと感じる。そのぶん、一木一草に同化しようとする修験への憧憬がつのるばかりだ。

修験道の目的は「悟る」こととされるが、役《えんの》行者からの流れをくむ山岳信仰の行法は、長い歴史のなかでさまざまに変容した。当初は神道、仏教、アニミズム、道教、陰陽道、など種々雑多な民俗信仰から派生し、平安時代に真言密教、天台密教とむすびついたことも原因にある。ひとつの体系化した流派ができあがる一方で、神仏集合の祈祷的側面は明治5年の神仏分離令、修験道禁止令により解体した。にもかかわらず、5月になると「六根清浄」を唱える山伏たちが大峰奥駆道を歩き始める。加持祈祷という言葉を調べると「密教の修法をいうが、やがて民間信仰と混淆した現世利益を求める祈祷」とある。すでに死語化しつつある言葉だが、家内安全や病気の平癒を願うのもささやかな現世利益を求める祈祷・祈願であることに変わりがない。

私たちは、すべてが便利さと快適さに裏付けされるような、「六根」の退化のなかで生きている。そこでもう一度、自然のなかに生き変わり、生まれ変わろうとする再生願望が生まれる。「六根清浄」とは見る、聴く、嗅ぐ、触る、味わうの五感と「意覚」という心身の浄化を意味する言葉だそうだ。それに宗教的な教示が加味されれば「悟り」にもいたるのだろう。

人間が持つ「感覚・感性」は本来、プリミティブな生体機能であり、文明のなかで退化した心身は、自然のなかに身を浸すことでしか浄化することができない。せめて、美しいものが真に美しいと感じられるような感覚を取り戻したいと願う昨今である。

奈良新聞

2017年（平成29年）4月26日

紀伊半島造林バブル

日本で、もっとも交通インフラから取り残されてしまったのは、紀伊半島南部であろう。吉野・熊野地域である。昨年、新幹線は北陸、北海道で開通、九州では5年前に全線が開通した。四国にも、すでに三本の橋が架けられている。45年前、田中角栄がぶち上げた「日本列島改造論」は、着実に実を結びつつある。

「紀伊ノ国」の語源は「木ノ国」であり、古来より樹木が鬱蒼と茂っていたことから、こう呼ばれたらしい。吉野・熊野の材木は紀ノ川、熊野川をながれ、歴史にも深く関与した。そして、木の産地であることを前提にして、川べりや山中にも人々が暮らし始めたのである。杣師、樽丸師、筏師、木地師、炭焼き、あるいはサンカ。「戦後文明」という言葉はないが、昭和30年代から本格的に始まる燃料革命は文明の姿を大きく変え、山里や山中での「山仕事」「山稼ぎ」と呼びうるものを駆逐していった。また、農山村の人口が、都市に吸収されてゆくのもこの頃からである。チェンソーや架線技術、トラックの普及により、広葉樹はパルプ材として、針葉樹は建築材として伐採・搬出され、その跡地に拡大造林がなされた。

これらの技術革新は、一時的に時代の要請に応え、山村にも新しい息吹を吹き込んだことは事実である。だが一方で、拡大造林のインセンティブとして流れ込んだお金は、高度経済成長がもたらした余剰マネーであったことは、あまり知られていない。

紀伊半島南部で大規模な造林にかかわってきた作家、宇江敏勝氏の体験記をとりあげてみたい。宇江氏は昭和32年から40年までの8年間を中辺路町で、１８０ha の造林、昭和41年から47年までの7年間を奈良県と和歌山県境にある果無《はてなし》山脈で、６５３ha という大規模な造林にかかわっている。もちろん1人ではなく、20数名ほどの仲間たちと15年の間、山中の山小屋で寝起きを共にした。

日本の人工林面積1千万haのうち、拡大造林の全盛期である昭和25年から44年までの20年間に約７００万ha、およそ奈良県の面積（36万ha）ほどが毎年、新植された。昭和33年ごろの賃金は1日６００円で、昭和40年になると1、５００円、宇江氏たちのグループは出来高制であったため、1日3、０００円以上の賃金を受け取った。労働組合の賃金交渉も熱をおび、昭和45年には5、000円、昭和50年には倍の1万円、山小屋暮らしの宇江氏らのグループは15、000円にもなったという。所得倍増計画が謳われた昭和35年から45年までの10年間に、労働賃金は8倍になった。さらに、それから5年後には3倍の上昇。だが、そのころから林業、木材業の構造的な不況が言われはじめ、昭和50年（1975年）から現在まで40年余りの間、労働賃金は眠ったように据え置かれたままだ。日本の林業の現状を賃金面から見てみると、一夜のうちに衰退産業に陥っていった時代背景がよくわかる。林業白書では、林業従事者数、昭和35年45万人、53年22万人、59年15万人、そして、現在4・8万人と、ほぼ消滅状態に近い。

高度経済成長は多くのひずみを生んだ。拡大造林もそのひとつで、住宅ブームと紙の需要は森林の大規模伐採につながり、その跡地への植林ブームが紀伊山地の植生を急激に変えていった。新植された山々や、草刈場などの入会地は、破格の値段で売買された。たとえば、5haの新植の分収林を宇江氏らのグループが、昭和40年に70万円で売り渡したところ、何人かの手を経て、5年後には260万円に跳ね上がっていたという。またこの時分から、よく区有地が切り売りされたのだが、昭和35年に1ha3万円程度だったのが昭和47年に200万円、昭和50年には307万円とうなぎ登りに上昇した。また、先にも述べた653haの新植地は、昭和47年に3億3千万で売却されたという。資産形成か、あるいは「山転がし」をもくろんだ、余剰マネーによる青田買いが、紀伊山地の霊場にも起きていたのである。しかしそれは、50年後、100年後をみすえた青田買いではなかったといえよう。

自分が植林した跡地を、20数年後に訪れた宇江氏は、心なく放置された山林に立って次のように述懐している。「虚構でしかなかった山林の価格が暴落するのは当然の成り行きであった」と……

奈良新聞

2017年（平成29年）2月22日

古典落語の貨幣価値

古典落語と呼ばれるのは、江戸時代から明治、大正期にかけて創られた落語をいう。古典落語を聞いていて分かりづらいのは、その当時のお金の貨幣価値であろう。「一文笛」「三方一両損」「千両みかん」など、果たして、一文や一両、千両が現在の貨幣価値に換算してどれほどの値打ちのものなのか、何となく見当はつくが、具体的にはわからない。ところが、古典落語の筋書きには必ずと言っていいほどお金がついて回る。今昔を問わず、貨幣は悲喜こもごもを誘発するツールであった。

江戸中期のお金の最高単位である「一両」は、現代の価値に置き換えると12万8千円くらい、最低単位の一文は20円というのがだいたいの相場である。この価格を基準に、ふたつの落語を取り上げてみたい。

「三方一両損」という落語は次のような話である。

江戸っ子の左官職人が財布を拾う。中に3両の小判と印鑑、住まいを記した書き付けが入っていた。左官職人は書き付けを見て、落とし主の大工職人の長屋まで財布を届けに行く。しかし、大工は「落とした銭は俺から逃げてったのだから、もう俺のものではない。印鑑は受け取るが、銭はおまえのものだ。とっとと持って帰れ。」と、妙な理屈を言う。宵越しのお金は持たない、江戸っ子と江戸っ子、どちらもが譲らない。つかみ合いの喧嘩になり、大家が割って入るが、収拾がつかず、とうとう、大岡越前のお白州へ。越前は2人の言い分を聞き、江戸っ子の正直さと欲の無さに感服したのか「3両はこの越前が預かる。預かったうえでこの3両に1両足して4両とし、そなた等に2両ずつの褒美を遣わす。」というお裁き。「拾った左官職人も黙っておけば3両まるまる自分のものにできたし、大工も受け取っておけば3両まるまる返ってきた。ともに1両づつの損になるが、この越前も1両出したのだから3人がともに1両損ということになる。」というものである。

現代の私たちには、このお裁きはどうも腑に落ちない。なにも越前自らが1両出すこともないし、3両を半分づつにして、分け与えることも出来る。

ところで、もうひとつ腑に落ちないのは、この時代のお金の最低単位が1文＝20円であり、最高単位の1両が12万8千円と高額なことだ。その間の単位として1匁（2千円）、1朱（8千円）、1分（3万2千円）などの4を基準にした単位があり、複雑なようで大ざっぱである。つまり、20円硬貨より下の1円という単位が無く、かたや1両＝12万8千円というような高額通貨があったということだ。さて、大工が落とした3両は38万4千円で、当時の大工の日当が1万2千円であったことからして、1ヶ月分の給料に相当する。月給を落として「宵越しの銭は持たない」と粋がる江戸っ子気質も筋が通らない話である。

幕末になり1両は4千円程度まで下落し、明治4年に新通貨、「円」が登場、1円＝1ドル＝1両というような為替レートが成立する。同時に「文」は消え、「銭」「厘」が代わって登場した。「円」や「銭」が出てくる落語は明治以後の話であり、明治初期の1円は現代の2万円ほどに相当する。

次に「高津の富」という落語は宝くじの話しである。身なりの良くない50歳半ばの男が、高津神社近くの宿を訪れる。男は宿のおやじにさんざんホラをふき、けた違いの大金持ちであることを吹聴して、信じ込ませる。ふところには1分銀しか無い。飲んで食って2、3日泊まってから、とんずらしてしまおうという算段である。宿のおやじは高津神社の富くじを売っていた。1番富は千両、2番富は500両が当たる。千両は1億2千800万円。たった1枚、売れ残った富くじをおやじはこの男に売り付ける。値段は1分。男は、もし当れば半分の500両を宿のおやじにやろうということで、なけなしの1分銀で「子《ね》の1365番」の富くじを買った。スッカラカンになった男は、あくる日、大阪の町をうろついたあげく高津神社に向かう。富くじの抽選も済んだ境内に、当たり番号が貼り出されていた。なんと、1番富は「子《ね》の1365番」。千両が当たった、という話である。

現代の宝くじは1枚が300円、10枚セットで3千円。ところが、江戸時代の富くじは1枚が1分、3万2千円と高額だ。「割り札」とか共同購入の仕組みがあったようだが、庶民の間では100円程度の闇クジも出回っていたようだ。

さて、もうすぐ年末ジャンボ宝くじの富箱が開けられる。1番富、7億円。1千万分の1の確率だ。私も20枚買った。中に、もし「子の1365番」の札があれば……現代のコレクション価格で、慶長小判・1枚は10万円、したがって7億円は千両箱が

7個。1箱の重量は20キロ、140キロの重さである。

奈良新聞
2016年（平成28年）12月21日

中国・多様な「世界」をもつ国

私が初めて中国を訪れたのは、1981年、国交が回復して9年後のことである。当時の上海は、まだ電気事情がよくなかったらしく、夜になると、街は足元が見えないほどの闇の中にあった。ホテルの窓から見下ろす街並みは、低層住宅が広がる中に、共同租界の建物とおぼしき赤瓦の屋根が続いていた。

上海から汽車に乗り、南京にむかう。今では中国の若者ですら忘れかけている言葉だが、農村を中心に「人民公社」という自治組織があった。日本の村の仕組みと違っているのは、すべての自治をその組織の内部で完結させる、という点である。農業、製造業をはじめ、商業、教育、医療、軍事など、あらゆる集団生産、集団生活がこの内部で営まれていた。自力更生、自給自足を旨とし、中国独自の共産主義イデオロギーを標榜、具現化するための社会実験に見えた。鳴り物入りで毛沢東が推し進めた制度であったが、明くる年の1982年に廃止になっているので、私たちは最後の人民公社を見て来たのかもしれない。

私たちツアーの一行は、上海、蘇州、南京にて5カ所の人民公社を見学した。いずれも村長とおぼしき人が先頭に立って、誇らしげに自公社の宣伝に努めた。公社内の小学校には、毛沢東と右側にマルクスの肖像画が掛けられていた。

人民公社の経済的優劣は人々の生活態度や「顔つき」でつぶさに察知することができた。たとえば、ある公社では私たちが家の前を通るたびに、次々に蔀戸《しとみど》が閉じられる場面もあった。生活を覗かれたくなかったのであろう。竹の天秤棒に荷を担いだ農夫、アヒルの群れを追いやる老人、ズボンを下ろさず屈み込んで用を足す少年、さながら時代劇の一コマを見ているような風景であった。

この80年代は「日中友好」の時代であり、中国に反日の意識は皆無であったと言っていい。熱烈歓迎とはいかないまでも、日本人を見る眼差しには無関心を装った「羨望」の色濃さがあった。結論から言うが、この「羨望」こそ1995年頃から始まる反日意識の鬼胎だと私は思っている。

反日の風潮は1993年、江沢民が国家主席になった頃から意図的に創られてゆく。

文革、大躍進政策への失望、78年の計画経済から市場経済導入による格差の拡大。一方、日本ではオリンピック、高度経済成長、大阪万博、と浮かれた60年、70年代を経て、さらに浮かれた80年代のバブル期から、90年代の「失われた10年」へと繋がる。中国民衆の心理は「日中友好」のたて前の中で、日本との生活水準の違いを知るにつれ、ますます羨望の色合いを強くした。89年に起きた天安門事件では、北京の春は遠い「春」として民主化への希望をあきらめたかに見えた。しかしそのような中で、90年代、「しぼみゆく日本」を尻目に見ながら、中国は着実に国力を伸ばしてゆく。92年、中国は積極的な外資の導入によりGDP14%という驚くべき記録を達成した。

1995年は、中国においては戦勝50周年にあたる記念すべき年であった。中国人の反日的な行動は、このあたりから目に見えて顕著になる。「反ファシズム勝利50周年」という反日キャンペーンを掲げ、「日本鬼子」の「悪業」の数々を日本製のテレビで流し続けた。「羨望」は、もはや羨望ではなくなり、反日感情を煽り、ナショナリズムを導くための着火剤の役割を果たした。

1981年当時、私たちが出会った中国人を、かつて私は「羊のように純朴な人々」

と表現したことがある。たとえば、蘇州の人民公社で、家庭に招き入れてもらい「友人になろう」と約束した若い夫婦がいた。また、ある寺院でカメラを落とした際、探し回って届けてくれた青年がいた。善良で親切で人懐こい人々、しかしよく見渡せば、どこかしら「無表情」な人々、私が持ち帰った中国人の印象はそのようなものであった。

中国研究者の竹内実氏は、中国という国を「1つの世界」としてとらえている。それはたとえば、ヨーロッパの国々の集合体のような国が中国であるとする説である。ドイツ、フランスのような強国もあれば、PIGS（ポルトガル、イタリア、ギリシャ、スペイン）と蔑まれた国もあり、北欧諸国のような国もある。まさしく、多様な「部位」をもつ国が中国なのである。最近の世論調査で、中国を嫌いだと答えた人が9割を超えた。盲目の僧たちの寓話のように、象の足を触って木のようだといい、尾を触って紐のようだといい、鼻を触ってホースのようだといい、さしずめ今の日本人は、中国という巨象の胴のあたりを触って、領土の隔絶を謀る「壁」のようにザラザラとした国だと思い込んでいる。

奈良新聞
2016年（平成28年）10月26日

流れ地蔵と対馬観音

通称「石ぼとけ」と呼ばれているお地蔵さんが、このたび日本遺産に登録された。私の地区の数百メートル上流に祠がある。特段のご利益をもたらしてくれるわけではないが、遠くから訪れる参拝者も多くいる。

じつはこの地蔵、2度も同じところまで流されている。20キロほど下流の西吉野町城戸、ふたつの川が交わるところで、名のとおり「河合」という地区のあぶらや宇平、いずみや文右衛門というふたりによって、川から引き上げられたという。「一度はもとの赤滝まで運び帰ったが、二度目には重くなって動かぬので、河合でお祀りすることになった。」と、謎めいたことを案内板は記している。弘化10年、とあるが弘化年間は4年までしかない。ともあれ、江戸時代後期にも石の地蔵を流すような大洪水が起きたのであろう。

川を通じての対立は、主に筏《いかだ》流しにまつわる水利権の問題であった。下流に位置する村と上流の村とで、訴訟沙汰や仲裁沙汰にいたった経緯を黒滝村史は詳しく書いている。地蔵が流れ着いた河合地区は、ふたつの川からの材木の集積する場所であった。もしも地蔵の流された赤滝村と、行き着いた城戸村が不仲であったとすれば、やすやすと地蔵は戻されなかったであろう。ちょうど弘化10年？にあたる1850年ごろに、赤滝村は筏流し・管流しの取り決めを破り、下流域からの苦情を受け、黒滝郷全体の問題として顰蹙《ひんしゅく》を買っている。だが、推測はこれまでにしておこう。

一方で、黒滝村史の記述は「石ぼとけ」は水の安全を祈願する地蔵であったことや、ある時代の大水害で流され、迎えに来いという夢のお告げ通りその場所に駆けつけたところ、川底から見つかり、持ち帰って元の所にお祀りした、というものである。城戸村河合に行き着いたことや、2度目は戻らなかったという記述もなく、ふたつの昔話は明らかにくい違う。もし、2度流されたのであれば、いま私たちがお祀りしている「石ぼとけ」地蔵は偽物ということになり、本物は河合地蔵尊であるということになる。だが、この憶測も不問に附すことにしよう。日本遺産であろうが偽仏であろうが、むかしの村人たちのささやかな信仰の「シンボル」であり、幸いなことにこの石地蔵に骨董的価値、あるいは文化財的な価値があるわけでもない。

よく似た話がある。長崎県対馬市にある観音寺から4年前、韓国の窃盗団により御本尊の観音菩薩像が盗まれた。すぐに犯人が捕まり、韓国政府も仏像を日本に返すつもりでいたらしい。ところが、浮石寺という韓国の寺院が「その仏像は、1330年にわが寺で造られたものであり、日本に返すべきではない。浮石寺に返すべきだ。」と主張し始めたのである。確かに仏像の出自はこの浮石寺で造られたものらしいが、当時、李氏朝鮮で起きた激しい仏教弾圧による廃仏気運なかで、多くの仏像、文物が難を逃れるために、対馬に渡る。そのひとつが観音寺の観音菩薩像だと日本側は主張している。一方、浮石寺の言いぶんは違う。仏像は「倭寇」によって14世紀に掠奪されたものだと言い張るのである。この主張により、時代が600年も昔のことに遡ってしまい、収拾がつかなくなっている。

「倭寇」には謎が多い。もしも、日本人組織による「倭寇」が掠奪したものなら、時代を超えてでも仏像は浮石寺に返すべきだという理屈は成り立つ。しかし、今に至っては証明するすべもない。

韓国政府は、倭寇によって掠奪された「蓋然性」が高いが、証明は不可能という判断を下した。だが「蓋然性」を言うなら、廃仏気運が吹き荒れる李氏朝鮮から仏像を「救出」したという「蓋然性」のほうが、もっと高い。そのような、「救われた仏像」が対馬には数十体もあるという。

わが地区の「流れ地蔵」は、安住の地に流れ着いたこととして、隔世の諒解を得た。だが、対馬の観音像は価値が高いということで、600年の歳月を「流れ」続けている。

奈良新聞

2016年（平成28年）8月24日

失われゆく250年——リスボン大地震の記憶——

東日本大震災が起きた2011年、紀伊半島南部では深層崩壊という地滑りをともなった大水害があった。9月3日から4日にかけてのこと、92名の死者、行方不明者が出た。あれから5年が経とうとしている。私の地区においても上流の2カ所で大崩落があり、大量の土砂と流木が13戸の民家を襲った。以来、毎年のように上流から押し寄せる砂礫が河床をもちあげ、梅雨時期から台風期にかけて不安な日々を過ごしている。

大地震といい、大水害といい「忘れた頃にやってくる」のではなく、最近では決まり文句をなぞらえるように襲来する。専門家は異常気象は温暖化の影響であるといい、大地震や噴火は地球が本格的な活動期に入ったからだと言う。そこで、災害史を振り返ってみると、不思議なことに、1959年の伊勢湾台風から阪神・淡路大震災までの36年間、一千人以上の死者を出す大災害は起きていない。日本の経済はこの安寧な時代に奇跡的な成長を遂げた。ところが、90年代に入り事情は一変する。「失われた10年」と言われる経済停滞期を迎え、95年、阪神・淡路大震災が起きる。経済の失速は2010年になり「失われた20年」として書き替えられ、地震、風水害、火山の噴火が間断なく繰り返されるようになった。

にもかかわらず、われわれの日常感覚は経済のなりゆきにばかり目を向け、災害の記憶は驚くほど早くに消去してしまう。政治やマスコミも、些少な日々単位の経済指標や為替や株価、アベノミクスのゆくえが唯一のリアリティであるかのように伝える。何兆円規模の災禍であろうと、経済の成長により解消できると言わんばかりだ。20年前の阪神大震災を期に「成長」は終わったことを知らなければならない。と同時に、災害の想定を「成長経済」のリスクとして加えることも。

この度の熊本地震は、東日本大震災とも阪神大震災とも違っていた。むろん地震のメカニズムが違っていたこともあるが、日本という災害大国に住んでいることへのたび重なる不安が増幅して、臨界点に達してしまったことである。今までの災害においては、「もやっとした不安」であったのが、この度は、根底から生存を脅かす「くっきりとした不安」になりつつある。「明日はわが身に」という不安、熊本城を含め、どのような建物でも破壊されるという不安、いつまでも揺れ続ける不安、この国のどこにも安心して暮らすことのできる居場所はない。さらには、このような地震が首都圏で起きた場合、日本の国家システムは瓦解するだろうという、そのようなリアリズムを与えてしまつたのである。

最近の新聞には熊本地震での被害額、2・4兆円から4・6兆円、東日本大震災での被害額、17兆円という数字がならんだ。原発事故の処理費も含め、実際にはこの数倍もの額におよぶことだろう。日本の国家予算に匹敵する蓄財が、この2度の地震により、一瞬にして吹き飛んだことになる。

自然への畏怖を忘れてしまった日本人、あきもせずお金にまつわるスキャンダルばかりを伝えつづけるこの国で、南海トラフの大震災や首都直下型地震が想定されている。南海トラフの大地震では220兆円、首都直下型地震では112兆円の被害額を内閣府は想定する。その想定額は、容易に国家の存続をあやうくするものだ。奇しくも、「失われた20年」の始まりとされる1991年に雲仙普賢岳が噴火した。そして、阪神大震災、新潟中越沖地震をへて20年後の2011年、東日本大震災が起きた。非成長経済に、想定される二つの大震災が加われば、「失われた20年」は、リスボン大地震のように「失われゆく250年」にならないとも限らない。そのとき、日本は日本であり続けられるのだろうか。

＊リスボン大地震　1755年、ポルトガルの首都リスボンで起きたマグニチュード9クラスの大地震。大津波と火災で街は壊滅した。死者は9万人とも伝えられる。この大地震を境にポルトガルのすべての繁栄は終わった。ポルトガルから日本に伝わったものに鉄砲〔ピストル〕、ガラス〔ビードロ〕、煙草〔タバコ〕、靴下〔メリヤス〕、麵麭〔パン〕などがあげられる。〔〕内はポルトガルから伝わった外来語である。

奈良新聞

2016年（平成28年）6月22日

「葬」 変遷と墓じまい

裏山の墓掃除をするたびに、しばしば「墓じまい」という言葉が浮かぶ。私と伴侶が墓に入れば、墓掃除をする者は誰もいない。落ち葉だらけ、草まみれの寂寥感が漂う。時々、出て来て草引きをするわけにもいかない。

落葉を掃き集めながら、丸い川石に彫られた6基の墓の年代を何気なく見た。寛政7年、明和6年、寛保2年、安永2年の順に並んでいる。ひとつは判読不能。調べてみると寛保がいちばん古い。寛保2年は1742年、274年前の代物だ。新しいのは寛政7年で1796年。それから1942年「昭和17年」の御影石まで飛んでいる。150年もの永きにわたり家墓が造られなかった時代があることを知った。

私は一瞬、ご先祖様も「墓じまい」を決意したのかと思った。しかし、そうではなく、村の共同墓地に埋葬する風習が広まったのだと思う。江戸時代の後期、村に貧しい時代が来た。墓にお金をかけるのは廃止、天地《あめつち》に還ることをよしとして、墓碑は木の卒塔婆ですませようという倹約志向が広まったのだと思う。

村の共同墓地には、各家のエリアが決められていた。いわゆる「埋め墓」である。祖父の遺骨も決められた墓所に埋められ、その上に檜の卒塔婆が立てられるのを10歳の私は見ていた。

このように葬送の風習は時代によって変わっている。風葬、鳥葬、水葬、土葬、火葬、最近では散骨葬、樹木葬。時代のみならず、国によって、地域によって、または宗教によって様々な「葬《はふ》り」の仕方があった。

火葬の歴史は以外に古く、西暦700年に元興寺の僧、道昭に始まったとされる。天皇家ではその2年後の702年に持統天皇が火葬されたという記録が残されている。火葬が一般化することによって、生者を死界に送る（あるいは呼び戻す）モガリ儀礼が消えた。

以下は民俗学者，折口信夫の説である。古代人は、人の生と死の間にどちらとも分からない仮死の時間があることを信じていた。霊や魂がまだ肉体にとどまっている時間が何日かあり、遊離した霊魂であってもタマフリなどの呪術儀礼によって呼び戻せるものと考えていた。すっかり遊離してしまえば、「死」が認められ「喪」が成立する。生と死の間にある中間の時間、これが「カリモ」、仮の喪の状態であり「モガリ」の語源につながった、と述べている。(「喪上がり」を語源とする説もある)。現在でも、この習俗は通夜儀礼や満中陰の慣習に見ることができる。

河瀬直美監督の「殯《もがり》の森」でこの言葉は世に出たが、古代人の死に対する忌み感と惜別感がモガリ儀礼につながったと考えてもいい。

もうひとつ不可解なのは、人間の魂はどこからか「もたらされたもの」と考えられていた、ということである。正確に言えば、生体が持つ魂は自発的に体現するものではなく、何処からか宿り憑いた外来魂であるという。と同時に「増えたり減ったりするもの」とも述べている。いわゆる、質量をもった「宿り霊」、折口はこの外来の「霊体」をマナと呼んだ。

いささか、ややこしい話になってしまった。しかし、人の生と死の間に「仮死」の時間があることは何となく理解できる。死んだことが確信できない時間、そこから蘇った蘇生譚はいくつもあり、古代人は魂魄《こんぱく》と呼ばれる霊体＝魂と、肉体＝魄が乖離してゆく状態、あるいは再来する状態をモガリ儀礼のなかに見ていた。

さて、わが家の墓はどうしたものか。そもそも、墓を「しまう」とはどういうことなのだろうか。「仕舞う」こと、あるいは「終う」ことなのだろうか。

いずれにしろ、「村を去る」祖《おや》たちの姿が心に浮かぶ。一抹の寂しさを抱きながら、お彼岸の日、私は裏山の墓に手を合わせた。

奈良新聞
2016年（平成28年）4月27日

明治5年・改暦と留守内閣

歴史上、一度だけ12月が2日しかなかった年がある。明治5年、太陰暦から太陽暦に改暦された年である。「ためしてガッテン」でおなじみの立川志の輔に「質屋暦」という自作落語があり、12月がなくなった当時の庶民のあわてぶりを面白おかしく語っている。改暦にいたるまでの政局のいきさつやその立役者（大隈重信と福沢諭吉）、月暦《つきごよみ》と陽暦《ひごよみ》の違いを明確にし、一組の夫婦のドタバタ劇につながる展開は落語ながら見事である。もともと、明治改暦のやりかたが無茶苦茶であっただけに、庶民生活の混乱は、そのまま笑い話になるようなストーリーであった。

その明治5年、あらゆる意味でこの年は異様な年であり、現在の政治動向とつながるものがある。消費税、相続税などの税制改革にみる地租改正、マイナンバー制度にみる戸籍調査、安保関連法にみる徴兵令発布。そのほかにも現在と似たような社会変化が起きている。鉄道の開通、朝鮮の反日感情に呼応した征韓論、学制改革、郵便・

電信の開始。ほかにも新紙幣発行、田畑永代売買禁止令解除、気象観測の開始、修験道禁止令など。いくら文明開化とはいえ、歴史上これだけの政治改革や諸制度が一気に断行された年はなかった。しかも不思議なことに、これらが「留守内閣」あるいは「留守政府」と呼ばれた政治空白の状況下でおこなわれていることだ。

明治4年11月から明治6年9月までの約2年間、岩倉具視を正使として木戸孝允、伊藤博文、大久保利通ら政府要人を含む107名の岩倉使節団はアメリカからヨーロッパ諸国を歴訪。一方、日本に残った西郷隆盛、大隈重信、板垣退助、後藤象二郎らの居残り組が「留守内閣」の立役者であった。

岩倉らは、われわれの留守中に新規の改革や人事など勝手な事をしてはならない、と釘を刺すと同時にわずか4カ月前に発布した「廃藩置県」の処理だけはやっておけ、というような難題を与えて渡米した。それをなんなくこなしたのは、西郷隆盛であったと伝えられる。廃藩置県は諸大名から土地と人とを取りあげる権益収奪の大改革であり、西郷ならではの親分的な威勢により、諸大名は不満を残したまま沈黙した。その後も「留守内閣」は岩倉ら上層部との取り決めを無視し、様々な政治改変に着手する。

なかでも、地租改正、壬申戸籍の編成、新紙幣の発行（明治通宝）、田畑永代売買の解禁、明治改暦などは明治維新の深刻な台所事情に起因するものである。それは一説によると1億3千万という当時の莫大な借金であり、にっちもさっちもならない文明開化のツケであった。1億3千万という額は、そのころの1円を仮に2万円とすれば2兆6千億円にのぼる。人口3300万人、資産もなく内部留保もない空っけつの明治政府にすれば、その額は現在の日本の債務、1千兆円に匹敵する額かもしれない。その意味でも、明治5年と現在は似ている。

維新、富国、文明、殖産という華々しい言葉におされ、そのころの国家債務を危機意識として捉えた記述はあまりない。苗字の許可や断髪令、僧侶の肉食・妻帯許可、女人禁制の廃止などのゴシップ令の背後で、いくつもの目くらましのような金融改革が「留守内閣」のもとで進められようとしていた。当然のことながら、このの ち帰国した使節団の面々と「留守内閣」との間に軋轢が生じ、西南戦争にまでおよぶ。

明治5年と現在、「留守内閣」と野党の不在、および膨大な借金。ただひとつ大きな違いは、明治の人口は1年に50万人のペースで増え、40年後には2000万人増加の5200万人になる。ところが、これから40年後の日本は3000万人の減少、1億人を割るとされる。人口の増加とともに、明治の台所事情はわりとすみやかに解消されていった。

話は戻るが、12月がなくなった改暦の年、「女郎の誠と四角い卵、晦日の月」はありえないことの常套句であった。しかし、その年の大晦日、糸のような月が出た。月《つき》歴《ごよみ》から陽暦《ひごよみ》へ、月が主役であった時代はその年で終わったのである。

……………

太陰暦の正式な名称は太陰太陽暦である。月の満ち欠けをもとに作られた暦ではあるが、太陽の運行を背景においている。明治5年まで、日本はこの暦により1ケ月、1ケ年を数えていた。

月の存在は太陽暦(グレゴリオ暦)が採用されたことによって、いちじるしく希薄になったが、地球上の生命は月の満ち欠けとともに、わずかな月の引力に影響を受けていることは今でも変わりがない。海の潮汐、女性の生理、生物たちの満月の夜の産卵、大地震との関係、月と地球の関係は神秘と謎に満ちたものである。

月は29・5日で地球を1周する。したがって太陰暦ではひと月を29日の月と30日の月に分けて12ヶ月にしていた。しかし、それでは1年は354日にしかならず1年を365日とする地球の公転周期との間に11日間の誤差が生じる。そこで3年に一度「閏月《うるう》」を組み入れ「閏3月」とか「閏6月」というふうな呼び方をしていた。ともあれ、3年に一度13ヶ月の年がめぐってくることに当時の人々は何の違和感も持たなかった。地球の公転周期は365日と約6時間で、太陽暦では今年のように4年に一度366日の「閏年」が加えられる。

改暦の議論は明治2年ごろからあったものの、発布されたのは年の瀬も押し迫ろうとする明治5年の11月9日であった。「来月、12月3日をもって明治6年1月1日とする」この唐突な改暦の発布に人々は驚いたであろうが、何のことかわからなかった人も多々いたであろう。その明治6年は旧暦の「閏月」に当たっていた。すでに来年度の暦はできていたらしく、暦の製造業者は大変な損害を被ったという。

ところで、文明開化という大きな時代のうねりから仕方なく改暦が行われたのかというと、実はそうではない。「留守内閣」の中心にいた大隈重信が明治改暦の立役者だが、大隈は後日次のように語っている。要約して書くが「維新後のこれからは年棒制から給料制になる。陰暦においては13ヶ月の年が3年に1度巡り来るため1ケ月分の給料を多く支払わねばならない。だが国の税収は同じだ。その閏月が来年来る。」「正に近く、明年に迫れり。この閏月を除き、もって財政の困難を救わんには、断然暦制を変更するの外なし。」という大隈重信の決断によって明治改暦が断行される。つまり、すでに予定されていた12月分の俸給と、明治6年閏月13ケ月を新暦12ケ月とすることで計2ケ月分の給料を煙に巻いたのである。明治維新の財政がいかに困窮していたかが、このことからも伺える。

改暦の影響は都市部と地方では、ずいぶんと違っていた。まず農山漁村においては、旧暦は生活上、必要不可欠なものであり、高度経済成長期に入る昭和の30年代まで永く残り続けた。都市部ではわりに早く新暦を取り入れたものの、給料制で暮らす人々と職人や農民などの家業人との間で暦の選択は違っていた。つまり、地域により、職業によってふたつの暦が同居し、混交していったのである。

このような話もある。花嫁が婚礼の日取りを決め、嫁いで行ったところ、婿は高いびきで寝ている。よくよく聞いてみると「婿は旧暦のつもりで約し、花嫁は新暦にて来たりしならん。」というようなことが新聞ネタにもなった。そして、旧暦で暮らす人、新暦で暮らす人、あるいは新旧両暦の祝祭日を取り入れる人、というふうな二重暦が改暦後の日本に不安定に定着した。

明治改暦にかかわらず、明治維新の様々な改変は日本人のこれまでの精神文化に西欧の慣習文化を塗り重ね、うまく交わらぬうちに固形化していった。欧米システムへの傾斜と同化と対峙。日本が選ばねばならなかった「近代化のシナリオ」はこののち大きな戦争へと繋がってゆく。

奈良新聞

２０１５年（平成27年）12月23日
２０１６年（平成28年）２月24日

黒滝・樽丸仕日記抄

樽丸《たるまる》の歴史は江戸・享保年間から昭和30年ぐらいまでの約300年間の永きにわたり続いたようである。発祥の地は黒滝村鳥住であった。その樽丸生産に従事した職人の日記抄が黒滝村教育委員会より発刊された。昭和13年1月から、昭和18年6月までの5年半、しだいに戦火が激しくなってゆく時代の職人日記である。著者、辰巳良一氏は30歳で徴兵になり、海軍に入隊、その日の18年6月13日で日記はとじられている。末尾には「愈々《いよいよ》郷土出発の日だ。早朝先《ま》ず身体に支障なく入隊出来得、然《しか》して御奉公の誠を捧げ得《う》る事を祈る。我は元気にて征途に就《つ》く。心中寧《むし》ろ悲壮なる決意を以《も》って……。」と自身を鼓舞している。

成婚、出産、出征兵士の見送り、各種催事や農作業をこなしながら、良一は一年の半分ほどを出稼ぎの地で暮し、季節の移り変わる山中の小屋でマルマキの仕事に精をだした。マルマキ（丸巻き）というのは、樽丸造りの最終工程の仕事で、竹の丸輪に長さ54センチの杉の薄板を選別し、束ね入れる仕事である。丸太を玉切るサキヤマ、薄板に割るクレヤ、それを束ねるマルマキと職工程が分かれていたようだ。それらの職人を総称して「樽丸仕」と呼んだ、と解説は記している。できた樽丸は伊丹や灘に送られ、酒樽に組まれた。

出稼ぎ先も多岐にわたり、東吉野村、川上村、桜井市、和歌山、宇陀市、下市町、大淀町など、木所の山中におもむいている。そのころはまだ、自転車と徒歩が主な交通の手段であった。切羽詰った時代であるだけに、現代のようなゆとりはなく、良一の成婚にいたるまでの成り行きはあわただしい。昭和15年の8月27日の日記に「天川に娘さんを見に行く。」とあり、9月21日に「正式見合い」。その2日後に「先方へ申し込みを決定」。12月5日「結婚挙式」と続き、数日後の11日から早くも出稼ぎが始まる。日記には「婚後一週間にして新妻を残し出稼ぎに来ているのもつらい。」とこぼしている。出会ってから2ヶ月半の超スピード婚であった。

その1年後の16年12月8日、日本は太平洋戦争に突入する。しかし、良一の日常生活は兵役に着く18年の6月まで変わる事はなく、出稼ぎ先の山中の小屋にて、あいかわらず樽丸の仕事を続けている。

良一が生きた戦前、戦中と敗戦を経た戦後との違いを的確に現す言葉は、今のところない。それは「時代そのもの」と言ってしまえばそれまでだが、日本人が戦後、本当に失くしたものは日本人らしさではなかったか。勤勉さや実直さ、自己に対する厳しさや伝統文化へのこだわりはこの日記を読む限り、置き去り、忘れ去られて来た日本人のメンタリティーであったような気がする。戦後すぐに高度経済成長をなしとげた日本人は、「新種の日本人」として、脈々と続く「古い日本人」を脱ぎ捨てたとも言える。時代は単に石油文明、都市化いう表層が変わっただけなのに、日本人が失くしたものはもっと奥深い日本人的な「精神的風土」ではなかったろうか。

日記にもどろう。良一の出稼ぎ仕事は、盆、正月や天候にあまり関係なく続けられている。樽丸仕事の依頼があれば、その地の山中に出かけ、村にいる時は軍用材や電柱の出材、または森林撫育があれば、村内の現場に参じた。昭和13年の記録を見ると、仕事に従事した日は320日にもおよぶ。それでも、良一の生活はつつましいものであった。

一方で、この日記からは、吉野林業の側面をうかがい知ることもできる。というより元来の樽丸林業を育んだ史実とみてよい。クレ板の積み上げや、山中からの搬出には女性や子供が多く加わった。搬送するトラック運転手もさっそうと登場する。筏堰《いかだぜき》の仕組みや、木苗の植え付けなど、さまざまな労働風景が見てとれる。

吉野地方が簡潔、素朴なネットワークでつながり、森の時間が都市部に行き着くまでの樽丸に見る仕組み、いわゆる川上から川下までの生産、加工、流通、消費の流れを、吉野林業は再度、組み立てるべきではなかろうか。

奈良新聞

2015年（平成27年）10月28日

記憶に残る架空の塔

どこから話してよいかわからない、とりとめのない出来事がある。これからする話は、そのような類《たぐい》の話である。

40年ほども前のこと、私は奈良市の、ある下宿屋に身を置いていた。まだ、奈良まちの街並みもなく、やすらぎの道がようやく開通したばかりのころだった。

今では当時の面影すらない元興寺門前のうらぶれた通りを抜け、奈良ホテル下の荒池の堤までが私の散歩コースであった。堤に登るまでの狭い歩道の途中に、有刺鉄線を巡らせた大きな空き家があった。建物の上部には「奈良労〇〇館」という文字がわずかに読み取れる。

散歩の途中、私はいつもその建物が気になっていた。いったいどのような目的で使われていたのだろう、奈良労働会館なのか、労音会館と読むのか、労災会館なのか、そのようなことを気にかけながら通り過ごしていた。

ある日のこと、建物の横の部分に有刺鉄線が切断されている箇所があり、そこから人が侵入しているような形跡を見つけた。むろん、建物の前には人家があり、人の目を気にしながらも、私はその建物に侵入した。生垣に隠れた建物の横側に回ると、高さが数メートルもある椿の木が、ぼってりと真っ赤な花をつけ、根元には無数の赤い花首を落としていた。私は一瞬、隔絶された時間の中に迷い込んだような眩暈を覚えた。

建物の裏側には、広い庭の中央に噴水池のようなコンクリートの残骸があり、近づくと蛇が2匹、スルスルと陽だまりのなかに消えていった。明らかに、何者かによって壊された形跡も見受けられた。私は風呂場跡のような窓から建物に入り、木造でできた一階の内部を観て回ったが、戸板の打ち付けられた廊下は薄暗く、仕切られた部屋のなかにまで足を踏み入れる度胸はなかった。

廊下の中央に階段があった。その階段を上ると二階には、板間の大広間があった。ただっ広いだけで、何も置かれていない。温かな春の日差しが窓から差し込み、その向こうに興福寺・五重の塔の上層部が見えた。私はおそるおそる広間の片隅の押し入れを開けた。カビ臭い蒲団が敷かれ、明らかに人の気配を感じた。古びた週刊誌と3

億円事件のころの新聞。おそらく浮浪者が出入りしていたのだろうと思いながら、私は押し入れを閉めた。すると、階下で戸が押し開けられるような錆びた音がした。足音は一階の廊下をコッコッと歩いている。たぶん、この空家を住処にしているホームレスが戻って来たものとばかり思っていた。

足音の主は一階をひと通り見て廻り、階段を上り始め、ちょうど踊り場のところで二階に立っている私と目が合った。紺色の制服と制帽を身につけた警備員が、はっとしたように私を見上げた。「ここで何をしている。」「いえ、何も。」というような会話をしたあと、私は犯罪者よろしく警備員に連れられ、近くの派出所までの坂道を下りて行った。身なりのあまり良くない学生が、廃墟に侵入するのを見て、近所の住人が通報したのであろう。1時間ほど派出所で取り調べを受けたあと、私は釈放された。

ただ、それだけの話である。しかし、私の記憶にはそれらの光景と残像が、のちのちまで残されることになった。椿は今でも赤い花首を散らし続けている。蛇はいつの間にか白い姿に羽化し、噴水の上で羽根を休めている。塔は窓の向こうの春霞にかすんで見える。残像は永い時間をかけて架空の切り絵になり、不思議なイメージとして定着した。

それから35年経った6年前のこと、私は新しい仕事に就き、挨拶回りのため奈良市にある県庁の出先機関を訪れた。真新しいビルの玄関に「なら土連会館」と書かれた表札が掛けられている。そこはそう、かつて私が侵入した廃墟の跡地であった。

丁重に迎えてくれた所長の背後に、興福寺・五重の塔の相輪がまぶしく輝いているのが見えた。あの時のままに……。

奈良新聞

2015年（平成27年）8月26日

年輪・積み重なる木の時間

代行ビジネスが流行りだそうである。犬の散歩、年賀状書き、洗濯に掃除、家人に代行して報酬を得る商売。首をひねるものに、墓参りを代行するビジネスもあるという。

このように、あからさまに「時間」が売買される時代になった。自分が立ち会わねばならない時間を、他人の時間に置き換えてもらう。さらに言えば、消費することは他人の時間を買うことでもある。夕食の魚を獲ってくれた漁師の時間、それを届けてくれた宅配の人の時間、加工調理してくれたパート女性の時間。いちいち感謝しているわけでもないが、私たちの生活は、つねに多くの「他人の時間の消費」の上で成り立っている。したがって、時間を短縮することが経済活動、生産活動の命題になり、そこから、合理化、効率化、低コスト化などの、一方的な管理社会用語が生まれた。

いつの時代にも、時間はお金というツールで計量されて来た歴史があり、それを突き詰めると人の命に期限があるから、その限りある時間に価格という値札が付けられた、と考えても不思議ではない。

そこで「木の時間」について考えてみよう。

木の年輪はその木が生きて来た時間を刻銘に記している。幹、枝を含め、年輪そのものが「木の時間」と言ってもまちがいではない。一方的な解釈だが、木には二度の生があるとされる。山に立っていた時間と、建築部材や紙などとして利用されている時間である。山に立っていた時間はさまざまに、人の生活に益をもたらす。水を保水し、酸素を供給し、炭素を取り入れる。この環境保全機能は人類の生存と存続に深く関わりをもっている。利用されている時間もさまざまで、1、300年も第二の生を生きて来た法隆寺の柱や、古民家の部材、多くの古墳の中に眠っている柩などの時間がある。しかし、木は伐られてから燃料として利用されるのが大半を占め、建築材として利用される場合でも第二の生は永くとも数十年ほどである。

年輪、いわゆる木目を際立たせて利用されるのは屋久杉や春日杉、秋田杉や吉野杉などの大径木が主であり、そこまで太くなるには二百年以上の歳月を要する。林業は木を植えて育て、伐って売りさばくまでの労働と商売をいうのだが、製造業や農業とも違って、木を育てた人がその時間の価値価格を知ることはまずない。なぜなら、百年生の木を植えた人は百年前の人だからである。木を、あるいは森を仕立てるという仕事と、モノを作るという仕事では、時間価値において老人と赤ちゃんほどの違いがあるようだ。

木の価値基準は複雑で、必ずしも年輪に刻まれた時間によって決められているばかりでもない。立っている所が山の頂上なら、雷に撃たれることもあるし、風に錐揉みにされることもある。年輪を重ねた木でも、二束三文になってしまうことすらある。真直ぐな木は良質だが、曲がった木や成長の止まった木は早々に伐り捨てられる。また一方で、良質で値打ちのある木でも所有者のつごうで伐られる場合もあり、「木の時間」はあくまでも人間の価値基準で決められるだけの、はかない経済時間である。

とはいえ、建築部材として使われている柱や梁にも人の想い及ばない「第一の生」があったはずだ。雪の降る森の中に立っていた時間、半世紀前の風にそよいだ時間。縄文杉や吉野桜のように、名を馳せた名木にひとしく、評判のよくない「お山の杉の子」たちも、一年たてばひとつの年輪をかさねてゆく。

たとえ樹種や形状、立地条件は異なっていても、一本一本の木は同質・同等の時間をかさねながら佇んでいる。日をあびながら、影をおびながら。

奈良新聞

２０１５年（平成27年）６月24日

風土のない東京の街

久しぶりに東京に行った。われわれ田舎者が感じるところは皆同じらしく、友人らは口を揃え、とてもここでは暮らせないという。私もうなずいた。なぜ暮らせないかというと、まず景色が違うからだという。さらに私もうなずく。山や河や草木、鳥や鹿の声、水の流れる音と共に暮らしている田舎者には、東京の街そのものが異質な風景として映る。江戸時代の町並みを思わせる皇居の石組みもあるし、堀端には見事な松並木、桜並木もある。それなのに過去の時間を感じることができない。圧倒的な歴史の封殺のもとにつくられた都市だからであろう。

スカイツリーに昇る。あいにく東京は雨。何も見えない雲の下で日本の人口の1割、1300万の人間が暮らしている。人々の暮らしはおもにサービス労働とその消費である。私たちの眼には、そのありさまはずいぶん豪奢でバラエティーゆたかなものに見える。しかし、よく観察すると観覧車のような巨大な輪ぐるまが巡っているだけであることに気づかされる。それが大都市、東京の「風景」と気づくのである。

美しい「景色」はそれなりの歴史と時間によりもたらされたものだ。抽象的な言葉かもしれないが、それを「風土」と呼ぶ。たとえば日本の風土、東北の風土、北陸の風土、沖縄の風土というふうに、大きなエリアでくくられた気候、風土があり、小さくは日陰の村と日当たりの良い村の風土もある。東京の景色にはその「風土性」がない。あるのは「経済」という貨幣論理の日々のなりゆきばかりである。時間の積み重ねがない限り、文化と呼べるような意匠もない。たとえあったとしても、それはどこかから持ってきたショウケースのサンプルとして置かれている。東京全体が地方文化のショウケースなのだ。したがって文化を生み出そうとするインセンティブも働かない。意外に思われるかもしれないが、東京の出生率がどこよりも低いのは、「風土性の欠如」に起因するからだと思う。子を育て、世代をつなごうというめんどうな創造力は、この都市の機能には不向きであり不都合である。

哲学者の内山節氏は東京と群馬県上野村を行き来する立場から、次のようにいう。

「景色もまた上野村と東京とでは、違うものとして存在している。東京では私にとって景色は、漠然とした他者である。私の外に存在しているものにすぎない。ところが上野村にいるときは、景色は他者ではなく、むしろ私の存在の一部としてくいこんでいる。略。市場経済に主導されたグローバル化の進展は、標準化していく経済の時間を世界の中心にさせ、経済活動を中心にした社会をつくってゆく。その動きがすべての地域をのみこもうとする。それが、今日の資本主義の姿である。」

資本主義の姿はそのまま、大都市、東京の「風景」でもある。「地方創生」の課題として、政府は都市から地方への人口移動に焦点を当てているが、都市機能、政治機能、情報機能の分散がなければ、東京が地方をのみこもうとする今までの構図はかわりえないし、地域格差はますます拡がるばかりだ。そしてそれが、今日の経済活動を中心にした「資本主義の構造」によるものであることに、多くの人々は気づきはじめている。

奈良新聞

2015年（平成27年）4月22日

とんど火　揺れる吉凶

冬の日の休日、薪ストーブの小屋で昼寝をするのが私の日課である。裏山の欅の隙間から木漏れ日が洩れ、雲もいつになく柔らかそうに漂っている。とても冬とは思えない陽気だ。昨日降った薄雪が溶けはじめ、水滴がスロータクトを打ちながら樋《とい》を垂る。阪神大震災から20年、祈りとともに一月が過ぎてゆく。

小正月前日の14日、例年どおりのとんど祭りが行われた。雪もなく、さほど寒くもなく、大きなとんど火が燃え上がった。見るかぎり穏やかな火だが、穂先では天宮への帰途につく正月神の姿がいくつも見える。少なくとも私にはそのように見える。

「今年の火は、あんじょう燃えたな。ええ歳になるで」と、皆が口にして帰って行った。確かに今年の火は勢いよく燃えた。日本にとっては景況回復の年になり、紀伊半島大水害での復旧工事が続いている私の集落では、安寧の一年になるだろうと予測して帰った。妻は火を持ち帰り、小豆粥を炊き始めている。

とんど火の大き炎に背を炙《あぶ》り尻を炙りて今年も生きむ
火を持ちて帰り来にけりガス台に届けるまでの神の時間を

とんどは「左義長」ともいう。さかのぼれば、平安時代の陰陽道に繋がり、その歳の吉凶を占う祭儀であったらしい。今でも、信心深い人はその燃え具合によって吉凶を占う。

毎年、とんど火を写真に撮り続けているうちに、私も火の燃え具合が気になるようになった。昨年の火は、まっすぐに立ちのぼり、紀伊半島での二次災害は免れたものの、日本中のあちこちで、さまざまな自然災害が起きた。どうやら、あまねく通じる占いとは言い難い。

とは思いつつ、今年の燃え具合を写真で確かめてみると、美しいと呼べるような写真が一枚もないことに気づいた。おおげさかもしれないが、火が叫び火が苦しんでいるように見える。実際に見た火と、写真がとらえた火とでは吉凶が違っていた。

年を経るにつれ、予測困難な時代が進みつつあるように思える。グローバル社会に潜む明暗と混沌、地球温暖化という環境破壊、世界規模で頻発する自然災害、無政府イスラム集団の台頭と殺人テロル、地方消滅という近未来予想図。そのようなことを考えながら写真に写ったとんど火を見ていると、正月神が帰ってゆく火姿ではなく神々を焼き滅ぼす火柱に見えた。イスラムの神も、キリストの神も、八百万の神々も……。

日が暮れて、長い昼寝から目覚め、薪ストーブの燠火をいじっていると、ふと昔の生活が想い出される。朝起きると竈《かまど》の前に母が座り、火が燃えていた。風呂を沸かすのは子供である私の役目で、薪を作るのは父の仕事というふうに、生活が「仕事」そのものだった。子供には子供の仕事があった。大人には大人の仕事と役目があり、必ずしもお金に結びつくようなことばかりではなかった。半分以上が「自足」の日常を保とうとしていた。そのなかには、なによりも「調和」があった。村の時間が調和のなかにあるとき、貧しいという現実は蚊帳の外に忘れられ、季節毎の仕事の段取りや、共同行事の運営などがもっぱらの関心事であった。それが変わり始めたのは、いつ頃からであろう。

1960年代半ばまで、とんど祭りは子供らの知恵と手で行われていた。それがしだいに子供ではなく、子供会という親子の組織にとって変わり、やがて大人だけの行事になってしまう。子供たちは、いつの間にか居なくなっていた。

とんどの千切れ火は、田舎から都会に吸収され、ちりぢりになっていった「子供たち」の火姿なのかも知れない。

奈良新聞

2015年（平成27年）2月25日

初雪……雪鳥が飛んだ

雪鳥《ゆきどり》という言葉は、辞書にはない。雪鳥という種類の鳥がいるわけでもない。初雪が降り始めるころ、群れ飛ぶ鳥の集団のことを、この地方では雪鳥と呼んでいる。まるで水中の鰯の群れのように、ひとつの意思を持って、山の間の空にウエーブを繰り返す。しかしそれは、巨大魚の魚影を演じる鰯の生態とも明らかに違う。

山神祭りのころだった。山上でひとりの老人と空が黒くなるほどの雪鳥を見た。老人は「もう雪鳥が飛び始めたな。」と言った。私はその個々の鳥を雪鳥と呼ぶのか、と思って見ていたのだが、老人はその鳥の「集団」を雪鳥と呼んだのであった。

雪鳥の一匹一匹の姿は、どのような鳥なのか、小さくて捉えられない。眼の前をかすめたと思えば、瞬く間に遠くの山並みに消え、ふたたび大きな固まりになって現れる。南に帰る鳥なのか、北国に向かおうとする鳥なのか、生態はわからないが、この鳥が飛び始めると、まもなく雪がくる。

かつて、老人と見た雪鳥の大群を、近ごろはめったに見ることもなくなった。あの鳥の集団はどこに消えたのだろう？　真っ先に思い浮かぶのは、年ごとに顕著になる異常気象。雪鳥たちは絶滅寸前なのかもしれない。

あとひとつは……雪鳥の群れは確かに飛んでいるのに、視ることができなくなった私の感性。日常を何気なくやり過ごしているうちに、徐々に風化していった心の風景……そのひとつが、わが心の「雪鳥」なのではないか。

最後に雪鳥を見たのは、7年前の12月9日の朝であった。外に出てみると、分厚い雲の下に何百羽もの雪鳥が飛んでいる。一瞬、その鳥の集団が庭先の木々に羽根を休めた。体長は10センチほどでヒヨドリとも違う。鳥たちはまたいっせいに飛び立った。そして、何度も何度も雪を乞うように、静かな黒いウエーブを繰り返すのだった。やがて、鳥たちの群れはどこかに消え、携帯電話が鳴った。その電話で、前日、友人が木の下敷きになって亡くなったことを知った。

山の友山にて逝けり寒空に雪鳥いとも静かに舞へり

山の神の日に山に入ると、木に数えられ、還らぬ人になるという。この村では昔から12月7日がその日に当たり、餅を搗き、鯛、野菜、米などの神饌を供える。これほど意味深い禁断の日が、地域によってまちまちであるのが不思議でならない。東北や北海道では12月と1月の12日が山の神祭りだそうである。女神である山の神は1年に12人の子を産むので、12の数にちなむという。柳田国男は、「山の人生」の中で「正月と霜月（陰暦11月）初めの或る日を、山の神の樹かぞえの日」としているが、明確にその日を記していない。山の神の正体もまちまちで、イザナミ、オオヤマツミ、イワナガヒメ、その他もろもろの説があり、確たる山神像があるわけではない。あえて言えば、ヤマという異界への畏怖そのものが「ヤマのカミ」であったのではなかろうか

ともあれ、まもなく雪がくる。山の神の祠にも、1年ぶりに火が灯される。師走の空に、雪鳥は果たして飛ぶのだろうか。

奈良新聞

2014年（平成26年）12月24日

「小水力発電」の灯り

電気にたよるライフスタイルが恒常化したのは、遠い昔のことではない。テレビ、洗濯機、冷蔵庫、いわゆる三種の神器と呼ばれた家電製品が一般家庭に普及し始めた１９５０年代後半からであろう。

ところで、日本人が初めて電気を「見た」のは明治22年、１８８２年のことである。アーク灯と呼ばれる外灯が銀座に出現し、多くの見物人が押し寄せたという。その後、エジソンの発明による白熱電球の灯りが都市部の各家庭にゆきわたるまで30年の月日を要し、さらにそれから、三種の神器の発明にいたる１９５３年までには、40年の月日を要した。アーク灯が灯ってから、およそ70年の間、電気インフラのコンセントが、一般家庭に広く届くことはなかった。むろん、電気製品が少なかったこともあるが、火力発電は石炭の高騰、水力発電は旱魃による水不足などから、現在のように安定した供給システムは確立していなかったと言える。そして、三種の神器が発明された同年、原子力発電の蓋が開けられる。アメリカでは「原子力の平和利用」がアイゼンハワーによって提示され、日本ではその翌年の1954年、原子力発電の開発研究費が国家予算に組み入れられた。その十年後、東海村に初めての原発が稼働することになる。

前置きが長くなってしまったが、私の村に灯りが灯ったのは大正10年、1921年のことである。出力は毎時48kWという小さな水力発電の光であった。当初は村内の850戸に供給し、余剰電力は村外に売電していたという。ただ、「一戸一灯契約」つまり一戸にひとつのプラグしか許されず、蝋燭を5本並べたほどのとぼしい白熱電球の光であった。部屋にひとすじ赤い糸が垂れているようなイメージから「赤糸電気」とも呼ばれていたという。鳴り物入りで登場した水力発電であったが、水不足や料金の滞納、盗電、水路の破損などから、しだいに宇治川電気からの送電に依存するようになり、その宇治川電気も今の関電（関西配電株式会社）に合併、吸収され、昭和17年、村営電気事業は跡形もなく終焉した。

この小水力発電の歴史から見えてくるものがある。それは多種多様化した電気機器とそれに伴う便利さへの過剰依存、小発電システムを駆逐して原発により巨大化した国内10電力会社の奢りである。別の見方をすれば、電気により成し遂げられた高度経済成長の奢りでもある。その小発電システムが原発の停止によって、ふたたびよみがえろうとしている。太陽光、風力、地熱、小水力、バイオマス。しかし、問題は多い。この9月から、大手5電力会社は過剰になり過ぎた太陽光発電の電力買い取りをつぎつぎに中断し始めた。国が定めたエネルギー買い取り価格にもいいかげんなところがあった。再生可能エネルギーの普及は、ここに来て行き詰まった感が否めない。

発電の歴史は、もともと自然エネルギーが元祖で、石炭・石油火力へと繋がれ、原子力科学エネルギーへと推移しようとしていた。その矢先、3・11の悲劇が起きる。民主党政権下での「原子力エネルギー50%に」の標語はまだ記憶に新しい。だが、原発が停止した現在、自然エネルギーへの回帰は、米粒を拾うような小さな作業から始めねばならないだろう。そこには経済成長至上主義や科学万能主義と対峙する、自然を自然としてとらえる感性が必要だ。

子供のような、純粋な眼差しが必要な時代になった。

奈良新聞

2014年（平成26年）10月29日

一人称の死体

人の死に幾度も出会うたびに、死に対する感情は希薄になってゆくようだ。それはそれで仕方がないことだと思う。

私が8歳の時に祖父が死んだ。それから祖母、父、同窓の友、多くの人が私の日常から去っていった。また、私の集落からも姿絵が切り取られるようにポツリポツリと隣人たちの姿が消えていった。そのたびに隣近所の人たちは、協力して集落葬を執り行うのである。

炊き出しをする女性の賄い方、葬儀を取り仕切る区長、葬儀具を作る野道具《のどぐ》、死者の棺に火を入れる式場係は俗に「おんぼ」(正確には隠亡と書く)と呼ばれている。

様々な役割が分担され、私は数年間祭壇係りを務めた。祭壇係りというのは、幕を張ったり、彫刻のほどこされた桧の部材を組み立てて並べ、その中央に死者の遺影を飾るのである。今ではどの地区でも農協がやっている。

祭壇係りに当たって最初に当惑したのは、読経が済んで、家族と死者と最後のお別れをする場面である。係りのわれわれが棺を持ち出してきて、蓋を開ける。もの言わぬ死者を見て、おいおいと泣く親族、われわれは花をちぎり親族に手渡す。棺の中は花で埋め尽くされ、やがてわれわれは泣いている親族を押しのけるようにして、蓋を閉めねばならない。「もう終りですよ」と言わんばかりに。棺は親族の男たちにささげられて、お寺から運び出されて行く。

この場合、棺の中の死者は他人の私たちからすれば「三人称の死体」である、と養老孟司氏は書いている。私にとって、その死者に対する感情はほとんどない。手際よく祭壇を組み、棺のふたを閉め、運び出された後はそそくさと片づけにかかるのだ。

ところが二人称の死体を前にした場合、その棺に蓋をしたり、火を入れたりすることは、たいそうやるせなく悲しいことである。なぜなら、二人称の死体とは親や子であったり、妻や友人であったりするのだから。

養老氏は解剖学者の立場から、次のように言う。「死体は誰が見たって同じ一つの存在であるはずです。ところが私からするとそうではありません。死体は見る人の立場によって違って見えて来るものであって、少なくとも私には三通りに見えるのです。」

祭壇係をしている私たちが見ているのは三人称の死体なのだが、泣いている親族や関係者らは棺の中の二人称の死体と対面していることになる。二人称の死体とはその死者になり代わり（悼み分け）の伴う死体ということでもある。

話がややこしくなったが、では「一人称の死体」とは……いうまでもなくそれは自分の死体である。これだけは、絶対に誰にも見ることができないと養老氏は言う。

しかし、果たしてそうだろうか。というのは「見えない死体」という自分にとっての「一人称の死体」そのものが存在するか否かである。見ることができないなら、自分にとってそれは存在しないに等しい。解剖学者である養老氏でも見えない自分の死体を解剖することなどできないように「一人称の死体」というのは、死体であることを自認することのできない死体であり、いわばイメージにすぎない。

「生き続けている」ことによって「死」とはあくまでもイメージにすぎないものか

もしれないが、ただそれは、必然と確約をともなったイメージでもある。

奈良新聞

２０１４年（平成26年）３月26日

赤瀧梶屋の反魂丹

7月のこのコラム（※　奈良新聞「明風清音」）で、渡辺誠彌氏が「越中富山の反魂丹」について述べられている。

「反魂」の言葉の由来は中国の故事「魂を反す」から生じたものらしいが、反魂丹にまつわる効能が、死んだ人間でも蘇えさせるドラマチックな効能から、ただの腹痛薬に堕ちるまで、時代とともに推移しているのが面白い。

落語にも反魂丹という題名のパロディがある。愛人を亡くした出家浪人、重三郎が反魂香というお香を夜な夜な焚くと、亡き愛人・高尾が黄泉の国から姿を顕わす。それを知った近所の男が、自分も先立たれた女房に一目会いたいと思い、薬屋に駆け込み反魂香と反魂丹を間違えて買ってしまう。男は最初、少しずつくすべていたのだが、なかなか女房が顕われないので、ありったけの反魂丹を火にくべ入れる。すると、もうもうと立ち昇る煙のなかに一人の女が現れ、男は思わず女房の名・お梅をを呼ぶ。

返ってきた返事は「なに言ってんだよ！　ハッつぁん、あたしゃ隣のおさきだよ。」あまりにけむいので、裏長屋の女房が文句を言いに出てきた、という落ちで終わる。

　この落語が創られた江戸時代中期、反魂丹はすでに人を蘇生させる妙薬でもなく、万能薬でもない、ただの腹薬にすぎなかった。

　ところで、この反魂丹が、私の集落・黒滝村赤滝で作られていたという伝えがある。それればかりか反魂丹の起源は、この地に自生していた多種多様な薬草に由来するものであり、往時の豪商「赤瀧屋・梶屋」が没落時にその権益を越中富山に売り渡した、というのである。真偽のほどは定かではないが、この地において反魂丹が作られていたことは、村史をはじめ様々な資料からも伺い知ることができる。もともと吉野は陀羅尼助発祥の地であり、陀羅尼助も反魂丹もこの地方に豊富に自生していたキハダという樹皮のエキスを主成分にしていた。ともに「同じような腹薬」と思って間違いない。

　そこで謎として浮かぶのが、「梶屋」なる家系の盛衰の歴史である。そのルーツは下市にあり、大火で離散した一族が、赤滝の地に移り住み、富の素地を築いていったものだろうと黒滝村史は伝えている。梶家屋敷跡と伝えられる現在の善龍寺庭園。穴太衆が造ったとされる洞穴を組み入れた石組みは、反魂丹を作るための導水路でもあったらしい。梶家歴代の墓地もあり、天和（1681年）から明治27年（1894年）まで、約200年におよぶ墓碑が14基立てられている。

梶家の子孫である梶元英氏の調査によると、下市の大火（寛永10年、1634年？）以前の梶家の足跡は、川上村高原や天川村、初瀬などにおよび、そこから木地師集落としての村々の成り立ちを知ることができる。「赤瀧屋・梶屋」も反魂丹ばかり作っていたのではなく、樽、桶に薪炭、様々な木地製品を作り、雇用を生み出し、地域に貢献していたという。また、人が通う峠には茶屋を建て、反魂丹や陀羅尼助を売り、商人としての活躍も語り継がれている。

明治の終わりから大正はじめにかけて、忽然と消えてしまった梶家。その血をひく梶元英氏は、反魂丹を焚く男のように、懸命に過去の幻を呼びさまそうとしている。

梶さんに感化された私も、「越中富山の反魂丹」ではなく「赤瀧梶屋の反魂丹」と呼ばれた時代が確かにあった、と思いながら……。

奈良新聞

2014年（平成26年）9月24日

鬼にかへらむ峠まで

前登志夫の第二歌集「霊異紀」に、次の一首がある。

この父が鬼にかへらむ峠まで落暉《らくき》の坂を背負はれてゆけ

この「峠」の所在はどこなのだろうという問いを、私は常々もち続けて来た。極めて現実的で、ややもすると白けた設問だが、その場所を知ることで、意外に知られていない前短歌の背景に出会うことができるかもしれない。

結論を先に言えば、この「峠」はおそらく広橋峠である。前登志夫の生家は、この広橋峠をすこし下り、一キロほど行った所から、急坂を上り詰めた清水《きよみず》という山上の集落である。その間に、広瀬川という小川が流れ、わりと最近まで田んぼが作られていたが、今は車道になっている。それまでは車一台が、かろうじて通れるほどの牛車道で、すぐ脇に昔の火葬場跡地であることを示す墓碑が立てられていた。その辺りから急坂になり、まるで異界への入り口のように、うっそうとした木立の闇をくぐり、清水集落にいたる。

当時、近鉄下市口駅から黒滝、天川に通う路線バスが広橋峠のバス停で止まり、そこから2キロほどの山坂道を、前登志夫はとぼとぼと歩いて登ったことであろう。その記述と作品があるので、少し長くなるが引用してみよう。

「麦の秋のころ、バスを降りて、川沿いの谷間の村を歩いて帰ると、山田の蛙の声とともに蛍がわたしの歩行に連れて戯れるようにしばらくついてくるようなことが再三あった。

わたしの帰郷を拒んでいるのか、それとも歓迎してくれるしるしなのであるか。あるいは、わたしの歩みを河だと錯覚しているのか。わたしが河だとすれば、夜のほうへ、そして山の頂の方へ逆に流れている時間の河だ。」（吉野紀行より）

広橋峠でバスを降り、前登志夫は異界におもむく帰郷者となって村をめざす。山の頂きに向かって逆流する時間の河を、若き日の詩人は、暗い星空を見上げながら様々な思いとともに遡行したのであろう。

暗道《くらみち》のわれにまとはる螢ありわれはいかなる河か
帰るとは幻ならむ麥の香の熟るる谷間にいくたびか問ふ
夕闇にまぎれて村に近づけば盗賊のごとくわれは華やぐ

峠は川を分かつ頂きであるとともに時空と文化を分かつ分水嶺でもある。広橋峠は、まさしくそのような位置にあった。峠に立つと大和国原が広がり、二上、葛城、金剛連山が梅林の向こうに見渡せる。その向こうの都市・大阪。町の「縞」と「感情」を身に持ちながら、前登志夫はこの峠を文明から「異境」への通路として登り続けた。自分が鬼に変ずるであろう峠、夕日に傾く坂道も、おぶわれた子供たちも、この峠から始まる村の原風景であり、短歌のメタファーに昇華されるまでの実在の峠であった。だかしかし、この峠から先は、ほとんど大和国原や都市の時間にはない村の時間におよぶ。「時間の河」をさかのぼるにつれ、都市の時間も国原の時間にもない「村と森の時間」にテンポを変え、最後には「非在の峠」「どこにも存在しない峠」になっていった。
最晩年、前登志夫は次の歌を詠んでいる。冒頭に紹介した「鬼にかへらむ峠まで」の歌から、40年の隔たりがあった。

餓鬼阿彌もよみがへりなば百合峠越えたかりけむどこにもあらねば
花折《はなおり》の峠を行けば生きかはり死にかはりこしわれかとおもふ

……………………

吉本隆明は「異境歌小論」のなかで「前登志夫が実現している時間のテンポは、ほんとは農耕社会と都市の系列にはなく、山人の異系列に属する特異なもの」と述べている。その小論にすこし触れてみたい。
すぐれた評論は、それまで自分の中で、気体か液体でしかなかったものが、はっきりと固体化してゆくような得心を与える。俗な言い方をすれば、すとんと心にオチるのだ。

それは単に文章の節まわしだけで決まるのではなく、背景に重層な知見と感性の蓄積があるからだと感じさせられる。この小論は、まさしくそのような文章であろう。

前短歌の晦渋《かいじゅう》さや、特異性の風土について、吉本隆明は次のように言う。「故郷の吉野の山里は、前登志夫にとって焦慮をいやし挫折を慰めてくれるような場所でもなければ、文明の疲労を忘れさせてくれ、それで終わりという場所でもなかった。異土的でもあり、異族的でもあるまったく別種の文明の原郷として開花しきれないまま、わが国の都市と農村を原流とする文明に対して、異文明として対峙するにたるような由緒を、歴史と地誌のなかに潜ませている場所であった。」

この文章のなかで、吉野に暮らす私が妙に納得するのは、「異土的、異族的」でもある「まったく別種の文明」としての吉野という視座である。そしてまた、たとえば広橋峠から見渡せる国原文明と都市文明に対峙する異文明としての吉野であり、「最後まで開花しきれない」ままに過ぎていった山里の時間が累積する古国という視座である。

吉本はその時間の変質を「無時間のテンポ」という言葉で語る。峠を越え、谷間をゆき、吉野に棲む祖先は、農耕社会や都市社会にない時間の川を歩みつづけた。そしてまた、前登志夫も、無時間の川を遡ることで異境である「村」にたどり着くのである。吉本はさらに他の数多の歌人と比べ「前登志夫の歌はこれと似ているようで、まったく違う。歌はわが山里に固有な縄文期以来の無時間のテンポだし、そのテンポの発見なのだ。このテンポのまえには、農耕社会の四季をめぐる時間のテンポも都市の休息のないいす早い時間の推移もまったく異質な世界だ。」と語る。

帰郷者としての前登志夫は、自己の歩みを逆流する川になぞらえ、その上流の村に現実の時間の静止を視た。「村」とはいわば、都市、国原の時間の及ばない異土であり、吉本流に言えば「無時間のテンポ」で括られた「最後まで開花する」ことのない原始画像なのであった。

時代は変わったといえ、私たちは未だ、この原始画像の中で生きている。それは、都市や国原の時間と本質的に異質な時間の脈絡のなかで生き継いできた地誌をもつからである。
吉本は言う。「わたしたちの神話や伝承いらいの歴史や地誌は、まったく系列を異にしたふたつの異文化を、現在でも創造の原泉にしている。そのことを前登志夫の生きざまも、ためらいも、やさしさも、また作品の無時間のテンポも、そしてときに泡だつような現代の無声のおらびも、象徴してやまないのだ。」

百合峠越え来しまひるどの地圖もその空間をいまだに知らず

「歌集、鳥総立」より

付記
幼いころ、母の里帰りに連れられて、広橋峠バス停よりひとつ向こうの、「大杉茶屋」と言うところでバスを降りた。
そこから母の実家まで、1・5キロほどの坂道を、私は母の手に引かれ、妹はおぶわれて石ころだらけの道のりを歩いた記憶がある。

広橋峠から見渡せる景色は、広々と明るく、奥山から抜け出てきた私の目にはずいぶん明るく写った。

ただ遠くが見えるという、それだけのことなのだが、私にとってもこの峠は、別界への「入り口」でもあり、また「出口」でもあった。

「鬼にかへらむ峠まで」の風景に半世紀むかしの私たち親子の姿を思い出す。

奈良新聞

2014年（平成26年）1月29日

サンマと大根の価格

秋のイベント会場でサンマが一匹20円、大根が一本200円で売られていた。サンマは箱を開けた途端に10匹単位で売れているのに、大根は一本も売れない。サンマと大根は秋の始めから終わりにかけて同じ値動きをする。9月の始めごろは200円、11月に入ると100円を切る。ともに収穫時期が同じだからだ。したがって、サンマが100円で大根が100円なら同じようなペースで売れてゆくだろうに、と思いつつ眺めていた。最後になって大根はただのような価格でスタッフに配られることになった。

このあと、2つの食料品は同じような経緯をたどる。食べきれないサンマは、冷蔵庫で腐らせるか近所の家庭に配られるかであり、大根も同じであろう。

これらの2つの商品の行く末から今日の市場経済の一端を見てみよう。サンマが近所の家庭に配られることで、少なくとも何軒かの家庭はサンマを買わない。あるいはサンマの低価格が消費者の頭に焼き付いてしまうことにもなる。とすると、サンマ漁業が成り立たなくなり、漁師は職を失うことになる。

サンマ一匹が20円というのは特殊な例だが、デフレ経済下では安売り競争が状態化していることに消費者は気づくこともなく、生産者の思いを知るすべもない。生産と消費の間に介在する大手流通が商品の価値を「価格」というコンテンツによって表示することで、市場における経済物語は完結する。大雑把に言えば、これが現代の物流社会だ。

仮にサンマが90円で完売され、漁師、卸売業者、小売業者も30円ずつの粗利を分け合い、ともに10円ずつの利益があったとすれば、サンマ一匹は30円の富をもたらしたことになる。

アダム・スミスが言ったこの「全体の富」が、デフレ経済下では、派生しにくいばかりか、失われてゆくことにもなる。原因はどこにあるかというと、安売り競争が常態化して、消費者がものの価値に選択肢を据えず、安い価格に「価値」を置き始めたことだ。工業製品を例にとれば、価値は性能やデザイン、使いやすさによって決められるのだが、どれも似通ってしまえば、消費者の商品に対する価値基準はおのずと価格に移ってしまう。

家電、住宅、自動車、小売業、ものづくりからサービス業まで、また大きく言えば、国家間の企業税や所得税率まで、連鎖的な安売り時代のただ中に置かれることになる日本は昔からものを大切にする文化を持つ国であった。だが、高度成長期を経て、大量生産、大量消費の時代をくぐり、使い捨てというものの価値の低廉化が始まる。日本人の意識下で、始めは後ろめたく、今となっては当たり前のこととして流れ始め、漂着してしまった。この、ものに対する淡泊さも大量流通、消費時代の特質である。

価格は価値の対価として支払われるものだと、多くの人は考えている。しかし、それはそうばかりではない。アダム・スミスによると、価値には使用価値（生活に直接に役立つ価値）と交換価値（生活に直接に役立たない価値）があり、価格は交換価値しか有しない「貨幣の量」で表示される。市場は貨幣による競争を原則とする世界だから、「良いものを安く」という、一見当たり前のようにも思える矛盾論の上に成り立っている。

しかし、よく考えてみると、20円のサンマが「ありえない」ように、「良いものを安く」という論理も、ありえない。

奈良新聞
2013年（平成25年）10月30日

変異する森の生態系

森林の生態系には分からないことが多い。シカ、イノシシによる獣害もよく分からないことの一つである。なぜこれほど獣害がひどくなったか。田畑や森、川や竹林、国土全域に渡って獣たちによる被害がおよんでいる。村人たちの日常会話には毎日といっていいほどシカ、イノシシの話題が登場する。今の季節、ジャガイモ畑がイノシシに荒らされた、とか、春先に植えたスギ、ヒノキの苗木がすっかりシカに食べられた、とか。

獣たちと人間の関係は必ずしも一方的にどちらが悪いというようなものではない。動植物の生態系に対して、人間はほとんど何も知らないまま、身勝手に手を下して来たのだが、そのことが人と動植物の関係にプラスに働いた事例もある。たとえば里山がそうだ。里山というのは「サト」と「ヤマ」の間に介在する農用林のことである。薪や落葉などの堆肥、キノコや山野草の採取地として、また水田や飲み水の涵養林として、人の暮らすサトと獣たちの暮らすヤマを隔てていた。ようするに人と獣たちの「共有」の緩衝エリアが里山であった。

その里山が燃料革命により放置され、拡大造林によるスギ、ヒノキの植林、猟師や天敵（野犬、狼、キツネ）の減少、それらの諸条件によってシカやイノシシが増え、獣害がひどくなったのだという。これらの諸説はすべて当たっているように思う。いわば獣たちによる被害は複層的な要因が重なってひどくなったものらしい。しかし、今までになかった理に合わない不思議な現象もある。シカにだけしぼって観てみよう。

それは個体数が増えたことよりも、シカの食性が多様になって来たことである。今まで見向きもしなかったものまでシカは食べるようになった。たとえばミョウガ、ワサビ、シャガ、アジサイ、ネギ類、ニンニク、樹木ではスギ、ヒノキ、サザンカ、ツバキ、サツキ。逆に食べないのはアセビ、シキミ、シャクヤク、ワラビなどで、限られている。

山に食べものが無くなったという説明でなら、シカは自然に減少してゆくはずだ。それがますます増える傾向にあるのは、シカの食性が進化したからであり、里山の荒廃とか、犬を放し飼いにしなくなったとか、単一的な捉え方では説明しきれなくなった。

シカが今まで食べなかったものまで味を覚えたということの問題は大きい。森の生態系を断ち切ってしまうことにもなりかねないからだ。シカ研究の専門家によると、1990年ごろからシカが増え始め、森林の植生がしだいに変わり始めたという。そういえば、私が暮らす身近な森でも20数年前からスギ、ヒノキの苗木、樹皮が食べられるようになった。

シカのもう一つの進化は、人を恐れなくなったことだ。この「人を恐れない」という習性も親シカから子シカへ、そのまた子シカへと代々、受け継がれてゆくのだという。奈良公園のシカがせんべいをねだるときに、頭を下げるのも同じ学習行動であろう。

食性の変化はシカばかりではない。イノシシが死んだシカを食べるようになり、クマがシカを捕食する場面が目撃されている。いったい動物の世界で何が起きているのだろう。本来、草食系のクマもイノシシも、食性の進化により肉食的習性を学習したのであろうか。

生態系の変異は生命体の内部で起こり、農の民、山の民を追い詰めてゆく。

奈良新聞

2013年（平成25年）7月31日

漂流者の紡ぐ望郷歌

唱歌「故郷《ふるさと》」は誰の心にもしみる名曲である。「うさぎ追ひしかの山」で始まり、「水は清きふるさと」で終わるフレーズのなかに、百人百様の郷愁を浮かびあがらせる。この名曲にケチをつけるわけではないが、昨年の夏、山寺の本堂で、ある歌手により「故郷」が唄われた。観客は30人ばかり。歌手は「さあ、みんな一緒に歌いましょう。」と声をかける。ところが、あるフレーズになったところで、ほとんどの老人が口ごもってしまったように私には見えた。それは次の箇所である。「いかにいます父母」。また「志しを果たしていつの日に帰らん」。

よく考えてみると、これは私や80歳代前後の老人たちが口にする台詞ではない。なぜなら私たち土着民に帰るべき故郷などなく、志を果たす理由など見つからないからである。それでもこの歌に郷愁を覚えるのは、廃れゆく故郷、あるいは、消えゆこうとする近未来の故郷が、切々と瞼に浮かぶからでもある。

期を同じくして、原発で故郷を追われた人々の集会で、声を震わせながらこの「故郷」を歌っている人々を見た。ある日ふいに、帰るべき故郷を無くしてしまった人々。父母、友人、かけがえのない「日常」と「生きる場」を無くしてしまった人々。私はそれら2つの「故郷」を聴いてから、自分にとっての故郷、人間にとっての故郷とは何かという問いを、何年かけてでも持ち続け、できるなら解き明かしてゆこうと思った。

自分が生まれ育った故郷を歌った歌は多い。歌謡曲や演歌、また、詩や短歌などの多くは地域性、もしくは風土に根付いている。一方で、故郷を持たない人たちもいる。都市で生まれ、お盆や正月に帰省先を持たない人、あるいはまた、何らかの理由で故郷を喪失した人も居ることだろう。

哲学者の内山節氏は「里を持たないのなら、里を作ればよい。」という。内山氏も東京生まれで故郷をもたない都会人であった。

「『里』は自然に生まれるものである。魂が帰ろうとする時間の世界を見つけだすとき、そこに里がある。」

じっさいに内山氏は群馬県上野村の小さな集落で古家を買い、畑を耕し、裏山の間伐をしたりしながら、村と村人たちとの間に土着的故郷を築いた。内山氏の哲学を醸成したのも故郷、上野村であり、「魂が帰りたがる場所」と位置づけている。

また、次のようにも言う。「定年が近づいてきた頃に、ほとんどの人はこのまま都市で齢をとっていく道を決意する。そのとき仏壇を買う人が多いのだという。都市で暮らしていても、先祖との結びつきをつけるのである。だが、それでもなお心の奥に(帰ろうかな)という気持ちは残っている。そして、ついにその気持ちを断ち切るときがくる。そのとき多くの人は墓を買う。そうすることによって、ここが自分の眠る場所だと決意する。」

この文章は「故郷」をもたない都会人の悲哀を言い当てている。

唱歌、故郷は大正3年に高野辰之によって創られた。98年も前のこの歌が、今でも唄い続けられるのは、故郷を無くした人、あるいは消えゆこうとする故郷に、しがみつき暮らす人々、とりわけ、戦争を生き抜いてきた高齢者たちの、どこにもゆけない「望郷の歌」なのである。

内山氏が言うようにそれぞれの人の「魂の帰りたがる場所」、それが、日本人の心にうかぶ普遍的な―故郷―なのであり、その場所は決して、「墓」ではない。

………………

東京マラソンが行われた2月24日、東北地方は数メートルもの記録的な豪雪下にあった。また、3月のはじめ、東京ではオリンピックの招致セレモニーに浮かれていた10日間、北海道は風雪地獄のような寒波に見舞われていた。いずれも、死者が出ている。同じ日本でもなんという違いなのだろうと思いながら、テレビを観ていた。

北国の空は、春だというのに例年になく暗い。震災、放射能汚染、風評被害、TPP、気象災害、どこよりも先んじて進む過疎高齢化。かつて、寺山修司は北国の暗さを若き日の短歌に詠んだ。

吸ひさしの煙草で北を指すときの北暗ければ望郷ならず

村境の春や錆びたる古車輪ふるさとまとめて花いちもんめ

暗闇のわれに家系を問ふなかれ漬物樽のなかの亡霊

60年代の寺山のこれらの短歌は、日本の近代化、都市化政策と深い関わりがある。日本の近代化史をさかのぼれば、明治の初年にまで行き着くであろうが、近くには戦後の60年代から始まる団塊世代の都市への流入が大きな始動要因になった。寺山の歌集「田園に死す」とともに歌謡曲では「ああ上野駅」や「南国土佐を後にして」などの望郷歌が近代化路線の背景で歌われていた。「どこかに故郷の香りを乗せて、入る列車のなつかしさ」で始まる「ああ上野駅」は、地方から集団就職で出てきた「金の卵」たちの涙と郷愁を誘ったであろう。1965年になって、東京の人口は1000万人を超え、翌66年、はじめて「過疎」という言葉が登場する。都市化の裏側で「故郷」では、すでに過疎化の忍び音が聞こえていたのである。

さらに90年代に入ってからも、都市への流入は留まることがなく、都市の繁栄とともに、疲弊する田舎という図式が、いびつな日本の人口地図として定着した。地方の財と蓄積によって育てられた人材は都市に吸収され、その活力と彼らが落とす税金によって都市が組み立てられたと言ってもいい。しかし、その一方で置き去りにしたふるさとへの思いは測りがたい郷愁になり、または後ろめたさとなって「ふるさとの唄」が歌われ続けた。そこには、見方を変えれば「故郷喪失者」もしくは「漂泊者」的意識が垣間見える。

前述した寺山の短歌はまさしくそのような歌なのである。彼にとっての北の故郷、青森は暗い雪空の下で「望郷」を拒み、花ならば「いちもんめ」ほどの儚さしかなく、ましてその地には亡霊さえ棲むという。憧憬と郷愁がないまぜになった故郷への想いと、都市化といううねりの中で故郷を離れ、あるいは追われ出た人々にとっての望郷歌は、必ずしも懐かしさばかりではなかった。

繰り返すが、望郷歌の背景にあるのは、隠れた漂泊流離の心情である。室生犀星の「ふるさとは遠きにありて思ふもの、そして悲しくうたふもの」という有名な詩を持ち出すまでもなく、「北国の春」や五木ひろしの「ふるさと」などの歌謡曲にも漂泊流離の心情が汲み取れる。そこには寺山や犀星の詩のように故郷への呪詛はないが、ただ言えるのは、都市化、近代化の渦中にさらされた者のせつなさ、心細さが漂泊者としての望郷歌を創りあげた。

そして現在、「祭りも近いと汽笛は呼ぶが」で始まる五木ひろしの名曲、その汽笛の先の「ふるさと」から、日本が壊れ始めようとしている。

奈良新聞
2013年（平成25年）3月27日
2013年（平成25年）5月29日

失われゆく30年

1990年代の「失われた10年」と呼ばれた不況下で、ちょうど就職期にあった若者たちにフリーターと名乗る人たちが多かった。今ではフリーターという呼び方はあまり聞かれなくなったが、当時私はフリーターなる職業がほんとうにあるものと思っていたほどだ。

そのような風潮のなかで失われた10年が、結論として「失われ」初めてゆくのである。そして、フリーターもしくはフリーアルバイターという労働スタイルが作り出したシステムは、日雇い派遣などに繋がり、こののち長く後遺症として残されることになる。

まず派遣労働が新しい「生き方」として定着して、若者たちが自由に職場と遊び場を行き来できる便利な「場所」として捉え初めたこと。また、2000年の始めごろからの好景気、ペキンオリンピック特需などの条件が出揃い、04年からの派遣法の改正はさらに企業に取って雇用形態を便利で安価なものとした。雇用される側も雇用する企業にも当初は「労働の使い捨て」という意識は薄く、そればかりか「フリーター」という肩書きに若者たちは脱サラリーマン的な「自由人」という訳語を付し、あたかもそれが自分たちの定められた「職場」であるかのような勘違いをしていたのである。

少なくともそのような風潮があった。いわば「失われた10年」は日本の「ものづくり神話」を完成させるための序曲として、少し気ままな、時代への不信感を持たない「自由人」を育成し続けた。だが、そのような風潮が今日の低価格競争、デフレ経済に繋がる発端だったかもしれない。小泉政権時代の好景気を振り返ってみても、大企業の内部留保に利益が担保され、低所得者層が潤うことはなかった。

日本の「ものづくり」が神話のままに終わるのか、また、さらなる発展を遂げるのか、現在はその岐路に立つ時代である。確かに、日本の先端技術には他国が及ばない蓄積があり、政治家も財界人もメディアも口を揃えて日本のその高技術力を喧伝したがる。しかし、果たしてそうであろうか。たとえそうだとしても、1990年代から始まるものづくりの仕組みは、70年代、80年代の雇用形態を生ぬるいものと考え、成果主義、競争原理を積極的に組み入れた。ここから雇庸格差、職業格差、地域格差が生み出される。

そして、2010年になって、失われた10年は「失われた20年」として自覚され始めた。ものづくり立国としてことさらに自慢することのできない理由がそこにある。

今日の家電産業の凋落ぶりに見られるように、この先、ますます日本の企業の立ち位置は脆弱になりつつある。原因は複合的だが、最大の要因は円高と慢性化したデフレ、そして最近よく言われる部品のモジュール化、デジタル化による画一的な技術普及により、企業はさらに安価な労働力を求めて、「ものづくり」工場の漂流を余儀なくされるであろう。人口70億に達した世界経済地図の平準化を図ろうとすれば、そのようなシナリオが見てとれる。温暖化ガスのように、世界をとり巻くグローバリーズムと過剰な低価格競争の連鎖。新年早々、悪い予感だが、日本という「高齢化国家」の―失われゆく30年―の始まりなのかも知れない。

奈良新聞
2013年(平成25年)1月30日

天啓の歌人・明石海人

30数年前のことだったと思う。奈良新聞の「この一冊」というコラムに、「白描」という歌集を紹介したことがある。作者、明石海人は25歳の時にハンセン病を発病させ、隔離された離島の療養所で珠玉のような短歌を詠んだ。「癩《らい》は天刑である」という書き出しで始まる「この一冊」は、苦しみと慟哭の淵より、「一縷のひかり」を探し求めた歌集であった。残念ながら、明石海人の名を知る人はあまりいない。それを知りつつ紹介したのであったが、数日後、一本の電話がかかって来て、「私たちといっしょに、岡山県の長嶋愛生園に行ってみませんか。」と言うのである。電話はTさんという喫茶店の店主で、明石海人がいた長嶋愛生園を定期的に慰問しているのだと言う。私は躊躇なくTさんの誘いに応じた。同行者はかけ出しの落語家とフォーク歌手のKさんだった。

国立らい療養所、長嶋愛生園の建つ離島は瀬戸の霞んだ空の下にポッカリと浮かんでいた。当時は「ちどり」というポンポン船が、死出の旅路への移送船として、らい病患者を送り届けていたという。患者達はどのような思いで、二度と戻ることのないこの海を渡ったのであろう。じっさい、明石海人もこの島を出ることはなく37歳の生涯を終え、三人の妻子もこの島を訪れることはなかった。ひとつの物語が完結したように、歌集の末尾は次の一首で終わっている。

かたゐ我三十七年をながらへぬ三十七年の久しくもありし

「かたゐ」つまり、らい病とも呼ばれ、レプラとも呼ばれたハンセン病は、戦後プロミンという特効薬の開発によって、日本での発病者はゼロである。忘れられた病気と言えばそれまでだか、この病気への偏見は言葉や想像を絶するものがあった。たとえ遺骨になっても、家族はその遺骨を引き取ろうとしなかった。長嶋愛生園にはまだそのような患者が570人もいる。

愛生園の人たちは、思いのほか社交的で陽気であった。生で聴く落語に、かすれた笑い声をあげ、フォークライブに指のない空拍子を打つ人もいた。畳の大広間には、Tさんの点《た》てたコーヒーの香りが立ちのぼり、私は座の末席で、ひそかに自分の芸のなさを恥じていた。

愛生園の中央にある納骨堂には、3200余りの遺骨が引き取られずに眠っている。納骨堂と鐘楼堂、いわば死と祈りがシンボルのような島、私たちはその白い建物を遠目にしながら、次の日のフェリーで帰途についた。

ともあれ、ひとつの投稿文をきっかけに、私は思いもよらぬ人々と知り合うことができた。3名の同行者、愛生園で出会った奈良県人会の人々。そして、島の歌人であり、明石海人の信奉者であるOさんからは、後日一冊の歌集が届けられた。Oさんは明石海人が死去した一年前の昭和12年に入園しているので、面識はなかったようだが、「明石海人　遺品の机いくたりの手をへて古りていまわれのもの」という短歌を詠んでいる。彼もハンセン病特有の症状から、光と声と十指を失っていた。彼はまた、病気が完治した感慨を次のように詠んでいる。

癒えたりとわが告ぐるべき親はなし帰りゆくべきあてすらもなし

今、愛生園に暮らす570人の人々もOさんと同じ立場に置かれ、この瀬戸の小島を終《つい》の住処と決めた人たちである。「白描」より3首、掲出する。

父母のえらび給ひし名をすててこの島の院に棲むべくは来ぬ
人の世の涯《はたて》とおもふ昼ふかき癩者の島にもの音絶えぬ
死にかはり生まれかはりて見し夢の幾夜を風の吹きやまざりし

明石海人、本名野田勝太郎、ハンセン病の病苦から「天啓」を得た、たぐいまれな歌人であった。

奈良新聞
2012年（平成24年）11月28日

文化価値高い吉野材

川の向こうで割り箸作りをしているIさん夫婦は、今日もまた薪ストーブの煙を立ち登らせている。50戸ほどの集落に9軒あった箸工場が、今は2軒になり、この製箸業もさびれて久しい。それでも、朝早くから立ち登る煙を見ると「ああ、またあの夫婦、箸を作り始めたな」と思う。いつのまにか割り箸は98％が輸入、その内の99％が中国産に置き換えられた。

さて、私の村では、十数年前までは、製箸業や林業とともに、3センチから30センチまでの丸木を製品にする磨き丸太産業が根づいて来た。床柱や軒桁、茶室の垂木や玄関のポーチなど、磨き丸太は先人の知恵によって、多用途に考案されて来た経緯がある。発祥の地、京都北山の景色は、壁紙などにもなり、風光明媚な村として名をはせた。銘木仕立てという特殊な林業が、美しい里山の景観を作り上げて来たのである。しかし、近年この産業もほぼ壊滅状態に近い。盛況なころは、村に40軒もの工場があり、セリ市に出荷される額だけでも、年間3億円近くもの売り上げがあった。

磨き丸太は横にも縦にも使われるが、いずれにしろ装飾性を重視する。社寺建築や古民家に見られるように、日本には「掘っ立て柱」から始まる丸木文化が根強く残されて来た。小さな建て売り住宅の一室にも、床柱や面側柱が曲線の意匠を凝らし、磨き丸太はその丸木様式の上に継承されて来たのであるが、今日の建築工法はこの手の込んだ丸木様式を嫌った。箸産業が衰退した原因と違うところは、ただ「使われなくなった」という一言であり、中国産に席巻されたわけではない。

吉野林業の育林、生産加工技術も磨き丸太同様にこの装飾美を作り上げる技術である。したがって、付加価値を見つけることで、外材との住み分けも可能であったのだが、長引く「値崩れ」は林業の衰退のみならず、村の存亡を告知するまでになった。最近は「利用間伐」「低コスト林業」「自給率50%」という、国が推し進める言葉だけが空虚に踊り、合板、チップ加工、バイオマス発電等の川下産業に補助金を回し始めた。

平成22年6月の所信表明演説で菅直人は、次のように述べている。「特に、低炭素社会で新たな役割も期待される林業は、戦後植林された樹木が成長しており、路網整備等の支援により林業再生を期待できる好機にあります。」

一時、この言葉に林業界は熱い期待を寄せた。しかし、民主党政権が打ち立てた林業施策は、複雑奇態なものでしかなかった。まず、「森林経営計画」という言葉に過剰理念をもたせ集約化・合理化・機械化による低コスト化と続き、簡易作業路を林内に巡らせることで木材の多目的利用を図り、自給率を上げようという主旨である。だが、その裏付けとする補助金の仕組みは、何十通りもの複雑なメニューをハードルのように並べ、それをクリアーした事業体にだけ補助金を渡そう、というものである。その中ですっぽりと抜け落ちたものがある。それは木材の相場価格と木の付加価値利用、いわゆる文化的利用である。合板、集成材、チップ加工の対局にある文化的利用は、国が提唱する「森林経営計画」から、真っ先にはずされてしまった。一方、木材の相場価格は育林経費と出材経費によって割り出されるはずだが、育林費用を考えず出材経費だけに限ってみても販売価格をはるかに上回っている。林内路網を巡らせ高額な林業機械により低コスト化を図ったとしても、賃金カット、搬出ノルマの強化、また不順な天候の日でも機械を稼働させる、といった労働条件の悪循環が進むであろう。

いずれにしろ全ての林業者が口にするのは「国産材の価格が上がれば何もかも解消する」、その「何もかも」という言葉の中には「村の将来」という意味も含まれている。

奈良新聞

2012年（平成24年）10月31日

国ツ神イヒカの井戸

古事記・日本書紀では順序は違うが吉野川に沿って、イヒカ（井光）、イシオシワク、ニエモツと名乗る3人の国ツ神が登場する。イヒカは光る井戸より現れ、光る身体に尾を垂らし、イシオシワクは岩の中から現れ、この異形の者も尾を垂らしている。ニエモツは吉野川に梁《やな》を仕掛け、ひたすら魚を捕っている人のようなイメージで登場する。尾があるかないかの記述はない。

イワレヒコ（神武）は熊野で戦い、吉野を経て宇陀に入り、血みどろの戦いを演じるのだが、吉野での記述は淡白である。いったい古代吉野とはどのような地であったのだろう。一つ手掛かりになるのは、川上村「井光《いかり》」という地名であり、「丹生《にふ》」という地名である。イヒカは井氷鹿とも書くが、光る井戸から現れ出たことからして、水銀を採取していた縄文土着民という説がある。イシオシワクもなんらかの鉱物採取に関わる人という説が有力である。さて、丹生の「丹」は朱砂鉱、つまり水銀であったことはほぼ間違いがない。吉野川ぞいに丹生という地名が散在するが、大きく見て、長野県の諏訪湖から始まり紀伊半島の中部から四国，吉野川を通り、九州の八代まで続いているという中央構造線上に沿って、丹生という地名が存在するのである。

ところで古代より、水銀にはいろいろな用途があった。たとえば朱塗りの社殿や古墳内部の彩色をはじめに、伊勢白粉と呼ばれたおしろいの原料、また信じられない話しだが、持統天皇や秦の始皇帝は、不老長寿の秘薬として水銀を口にしたという。当然のことながら、水銀の毒性は、現在の水俣病とよく似た症例として様々な史書に見うけられる。産出地は中央構造線上の丹生、または「イカリ」と呼ばれた地域に集中し、イワレヒコが征圧した宇陀、菟田野も主要な水銀産出の地であった。ちなみに、川上村井光は明治34年まで、「碇《いかり》」という字を充てていたことを加えておこう。

吉野生尾人の謎はつきないが、最初に書いたように、古事記と日本書紀では、3人の登場の順序がずいぶん違っている。日本書紀では吉野川の上流より西に下ってイヒカ、イシオシワク、ニエモツの順に出会うのであるが、それが古事記ではニエモツ、イヒカ、イシオシワクの順に登場する。ニエモツは五條市阿田の鵜飼部、阿多隼人と呼ばれた人の末裔でありであり、イシオシワクはさらに上流の吉野町国巣の出自というのだから、日本書紀とは反対に吉野川をさかのぼり、東吉野村から宇陀の地に抜け出たことになる。とすれば、イワレヒコは新宮から十津川に沿って、吉野川（紀ノ川）中流域の阿田の川辺に行き着いたと考えるほうが自然である。

大台ヶ原の牛石ヶ原に4・6トンもある神武天皇像が東征のシンボルとして熊野灘を見下ろしているが、神武東征のルートは北山、大台ルートではなく、じつは十津川、高野ルートではなかったか。この矛盾の辻褄を合わせるために、後に書かれた日本書紀の編纂者らは、ずいぶん苦労したことであろう。というより、古事記の編纂者たちにもよく分からなかったというのが本当のところではなかったろうか。

1300年前に古事記が編纂された時代、それより700年も昔の縄文生尾人《せいび》の記憶が薄れつつあったとしても無理はない。

奈良新聞

2012年（平成24年）9月26日

丹生川上に注ぎゆく水

紀伊半島大水害以来、家の下の渓流から魚の姿が消えた。川辺に生えていた植物も消え、上流の崩壊地から運ばれて来た岩や粉々の山石で河床は覆われている。この夏は、もうホタルを見ることもない。1キロほど下流に赤い岩層が露出した渓谷がある。チャートと呼ばれる岩層だが、その岸辺に歌人、前登志夫の歌碑が建てられている。この狭隘な渓谷にも、不気味に赤い濁流が流れた。

水底に赤岩敷ける戀ほしめば丹生川上《にふかはかみ》に注ぎゆく水
ものみなはわれより遠しみなそこに岩炎ゆる見《み》ゆ雪の来るまへ

大天井ヶ岳に水源を発する黒滝川は、下市町丹生に入ると丹生川と名を変え、五條市の霊安寺町で吉野川に合流する。その丹生川のほとりに鎮座する丹生川上神社は、官弊大社、延喜式名神大社のひとつに挙げられ、すこぶる格式が高い。にもかかわらず、これほど記紀神話から韜晦《とうかい》した名大社もめずらしい。前登志夫は「丹生川上に注ぎゆく水」という句に、この社の名だたる由緒をひそかに想起したことであろう。

この丹生川上神社下社は川上村の丹生川上神社上社が本社として名乗りをあげた明治29年、また東吉野村の丹生川上神社中社が当地であると主張した大正4年までは、官弊大社一社としての社格が与えられていた。そこにこれらの二社が名をあげるに及んで、真の所在地も、名神大社としての社格も曖昧模糊としたものになり、丹生川上三社がともに官弊大社として存立することになる。丹生川のほとりに建つ下社は天誅組の兵火に遇い古来の壮麗さはなく、川上村上社のひなびた社殿も大滝ダムの湖底に沈んだ。水をおさめ山を鎮める祭神ミズハノメやオカミ神の神意もおよばず、この三社が神域とする山は荒ぶり、川は狂った。いったいこれらの祭神への水神信仰は何であったかと自問するのは、山河への畏怖を忘れた私たちの驕りと、その地に暮らす人心の惑いに端を発するのではないかと思うからである。ともあれ、紀伊山地の霊場から多くの神々の霊力が、あまねく消えてしまったような後味が残る。

イワレヒコ（神武天皇）の祭祀の地を、記紀は次のように記している。天の香具山の土で平瓮《ひらか》「皿」80枚、手抉《たくじり》80枚と厳瓮《いつべ》「つぼ」を作り、それをもって丹生川の辺に天ツ神、国ツ神を祭ることにしよう。平瓮で飴を作り、酒を入れた厳瓮を丹生川に沈め、魚が浮いて来たなら国を治めることに成功するであろう、そしてそのようにしたところすべての魚が浮き、イワレヒコは丹生川の上流に生えた500本サカキを移植して、その地を祭祀の地に定めた、というのである。

謎めいた記述だが、この神話は暗に日本の建国を示唆している。丹生川上神社は、いまでは祈雨、止雨祈願の地としてクローズアップされているが、そればかりではなく元来は天ツ神、国ツ神、いわば総ての神々の祭地として発祥したのである。

それにしても、神話の時代から棲んでいた魚が消えてしまったと思っていたのだが、先日、丹生川で川遊びをしている親子に「何かいる?」と尋ねたところ「おさかな」と答えるので川辺を覗いてみると、小さなハゼが2匹泳いでいた。また、上流の入り江になった分流の淵に、ヤマメやアブラハヤ、ハゼなど多くの魚たちが逃れ棲んでいるのを見つけた。これらの魚たちが再び本流に泳ぎ出て、子孫を増やし、徐々に川らしさを取り戻してゆくことだろう。

私はふと、丹生川上の祭神が戻って来ているのだと思った。

奈良新聞

2012年（平成24年）5月30日

大正13年「米価の下落と棚田林」

中山間地と呼ばれる山村から水田が消え始めたのは、おそらく昭和45年（1970年）からのことであろう。この年は大阪万博の年であり、減反政策が本格的に始動し始めた年でもある。生産調整という名のもとに、転作奨励金をもらって、まだ小作制度のなごりの残る小さな棚田にもいっせいにスギ苗が植えられた。ちなみに1970年前後の10年間に、スギ丸太の価格は2倍、ヒノキ丸太の価格は3・5倍に上昇している。

減反政策、転作奨励金、木材の高騰、などの条件が出揃い、村人は労多くして収量の少ない棚田に見切りをつけ、山林に変えた。以来、私の集落の棚田跡地には、42、3年生のスギ林が茂っている。水田はもはや一枚もない。

10年前のこと、伐り開けられた2ha足らずの林地を買った。その一部には12枚の棚田が築かれ、陽当たりもよく、谷川も近いことから、山あいの寒村にしてみれば、恵まれた条件の棚田であったはずだ。伐り株の年輪を数えてみると78年。今から10年前のことだから、88年前にこの棚田にはスギ、ヒノキが植林されたことになる。「なぜ?」という疑問が湧いた。

88年前といえば大正13年（1924年）、この年を期に米価の下落が始まり、逆に前年に起きた関東大震災の復興需要にともなって、木材価格が一時的な急騰を見せている。一方、米価の下落はこの5年後の世界恐慌のただなかで2分の1にまで下がり続けた。

さて、大正13年の米価下落の原因は、万博の年や今の状況とまったく同じで「コメ余り」が背景にあった。どういうことかと言うと、この年を皮きりに台湾から蓬莱米というジャポニカ米が大量に輸入されはじめた。それまで台湾の米は日本人の口に合わないインディカ米であり、台湾を植民地統治した日本は数多の品種改良を試み、ついに蓬莱米という品種に行き当たる。いわば、今で言う「開発輸入」をコメにおいて成し得たのが、大正13年だったのである。コメ余り、木材価格の高騰という現象が、時を違え、状況を違えて偶然に起こり、営々と耕されてきたこの12枚の棚田も、森に消えていったのである。

さらにもうひとつ、想像でしか図る事のできない棚田跡地がある。先に時代の違う二カ所の棚田林を例に引いたが、そこから谷川を挟んだ向こう側、距離はわずかしか離れていない。60年生のスギが立っているが、さらに以前には「ハチマキ落とし」と呼ばれるほどの見事な80年生林があったと聞いた。それを伐った人に尋ねてみると、見上げるとハチマキが落ちてしまうほどの高さだったと言う。するとこの棚田は140年も前に見捨てられたことになる。

140年前というと、明治5年（1872年）、この年にも急激な米価の下落がおきている。明治3年に比べ約3分の1、別の資料では4分の1と異常なぐらいに急落している。調べてみると、この年に田畑の売買が自由化され、翌6年の「地租改正」という税制度の大改革により、農民はいままでコメで納めていた年貢を、金銭で納めなければならなくなった。税率はその土地に見合った金額の3％と定められ、支払うことのできる一部の金持ちに土地が集まり、地主と耕作する小作人の関係が成立する。そのこととコメ価格の下落がどのように結びつくのか定かではないが、ただ、小さな村の棚田にも「地租改正」が及んだのであれば、木を植えて税のかからない山林に替えてしまおうと考えた人も多くいたに違いない。
棚田林はこのような時代背景から、仕方なく生まれた。もし、TPPに加わるようなことかあれば、コメ価格は暴落し、数少なくなった日本の棚田も、間違いなく消えてゆく、ということを、歴史は伝えている。

奈良新聞

2012年（平成24年）2月29日

深層崩壊

平成23年は日本の災害史に永く語り継がれる一年になった。元日の豪雪に始まり、3・11の東日本大震災、9月の初日には台風12号が紀伊半島を直撃。新聞は3077ヶ所で崩落が起きたと伝えている。50戸あまりの私の集落でも12戸が水に浸かり、瓦礫と流木の山が築かれた。

今年に限り、耳慣れない言葉も聞いた。内部被爆、除染、深層崩壊、せき止め湖、土砂ダム、シーベルト、避難指示、人智の及ばない計測不能の厄災が、永く人々の記憶に残されることだろう。まぬがれはしたが「孤立集落」という言葉が現実としてせまり、上流からは土石流の襲来も不気味な可能性として残された。不安と焦燥の日々、集落上流の源流域では二カ所、大面積の山が崩れ落ち、起伏の多くあった狭隘な渓谷は広々とした扇状地になっていた。もとの痕跡がすっかり消えた川原を辿りながら、ふと集落《むら》の終焉という言葉を思い浮かべた。

地滑りと言っても違うし、山津波と言っても適切ではない。しかもどの崩落もナイフでえぐり取られたように茶色い山肌を見せていた。深層崩壊という始めて見る現実、現状を知らない人は、伐り捨てられた間伐木が災禍を大きくしたのだと言った。しかし、上流では山が「爆ぜた」ような状態になり、岩も巨木も伐られた木も橋も、何もかもが轟音と異臭を放ちながら流れ下ったのである。

「伐り捨て間伐から利用間伐へ」という民主党の方針は、一方的に切り捨て間伐を「悪」とすることで定着したようだ。おなじように「木材自給率50％」「コンクリート社会から木の社会へ」と、民主党が掲げるこれらの理念は、すべて何かがおかしい。だいたいコンクリートの役割を何もかも木に置き換えることなど出来ない。同じように利用間伐についてもすべての山の木が、すべて収穫期を迎えているわけではないし、厳密に言えば、木の利用を限定し、取捨選択したあげく、間伐材、つまり小径木や磨き丸太の利用を排除して来た結果が、森林の荒廃から切り捨て間伐につながったといえる。密植仕立てで良質材を育てることを主眼としてきた吉野林業では、戦後に植えられた森林、とりわけヒノキ林が利用伐期を迎えているとするのは間違いである。

次に「木材自給率50％」の何がおかしいか。この数年間に、国産材の自給率は確かに伸びている。しかし、供給量は増えていない。単に外材の輸入量が住宅不振により減少しただけで、自給率アップを図ることが、国産材需要を喚起するものでないことは明らかだ。要するに国産材自給率は、輸入材に対しての、ただの「比較率」なのである。ただし現在の木材供給量は明らかに過剰供給であり、このままでは木材価格をさらに押し下げてしまう。政府が言う「低コスト林業」「木材自給率50％」という目論見は、成長途上にある日本の森林をふたたび、やせた疎林に戻してしまうことにはならないか。

森林ジャーナリストの田中敦夫さんは「政府は森林、林業再生プランを作成し、大規模化と機械化を推し進めて生産効率を高めようとしている。略、そんな林業現場に入ると、高性能林業機械が作業道を開設し、次々と木を伐採している姿を見ることができる。略、だが、ほんとうにそれでいいのか、という疑問がつきまとう。大規模な伐採は、先祖が営々と木を植え育ててきた森を消滅させている。」と言う。集成材用材や合板用材を外材からスギに置き換えることで一時的な国産材ブームが起きていることは事実だ。その一方で、大面積皆伐、なげ売りと呼べるような、どうしょうもない――森林処分――が始まっている。

奈良新聞

2011年（平成23年）11月30日

被災者に掛ける言葉

東日本大震災は、被災した人ばかりではなく、テレビを見ていた多くの日本人の心にも奇妙な精神的障害をもたらした。たとえばある婦人は、数日間テレビを見続けて「頭が変になった」と言う。ある人は怒りっぽくなり、必要以上に他人を批判するようになった。またひどい不眠症に陥った人もいるし、感情が判らなくなったと言う人もいる。

このような症状はいったい何なのだろう。感情移入というのは、他人の喜怒哀楽を自分の心に取り込んでしまうことである。辞書には「他人のうちに自己の感情を投射し、それを対象固有のものとみなす」とあるが、しかし、かならずしもそういうものでもない。「頭が変になった」「怒りっぽくなった」「感情が判らなくなった」というのは感情が潰《つい》えた状態であって、感情移入ではなく一種の情緒障害である。

押し寄せる津波がことごとく町を呑み込んでゆくすさまじい光景に、私たちは計り知れない現実の恐怖を見ていた。その夜は、一時間おきに目が覚め、その度に私は睡眠剤を飲んだ。何が起きているのか判らないほど、恐れ昂ぶり、そしてその後、不思議なほど無感動になった。そうすることで、数日経ってから、私は自分自身を取り戻したようである。精神的な衝撃が大きければ大きいほど、人間は無感動になれるものだ。しかしそれも、一時的な感情崩壊である。

それにしても、被災した人たちの感情崩壊はいつまで続くのだろう。テレビのなかで、ある老人は「家も家族もお金も何もかも無くしてしまいました。これからはうつむいて生きてゆくだけです。」と語っていた。「うつむいて生きてゆく」というのは「前を向いて生きてゆく」という表現の反語である。悲しみきわまる余生を、無感動に生きてゆこうというのである。

しかしそれでも、前を向いて生きてゆこうとする人は多くいることだろう。感情崩壊からも、いち早く立ち直ることのできる人もいることだろう。忘れることのできない記憶を、歳月のなかに、徐々に徐々に脱ぎ捨てていってほしい。

このような時に、非当事者である私たちが何を言っても言葉はむなしくひびく。「がんばって」という呼びかけですら不愉快にひびくのだそうだ。私たちは何をどのように、どのような言葉を被災地の人たちに届けたらいいのだろう。

現地の避難所で診療している医師は、最初は生きていて良かったと手を取り合っていた人たちも、今ではほとんど言葉を交わすことがなくなったと語っていた。肉親や友人、知人をなくしたことの悲しみと、悪夢のような恐怖心がぐちゃぐちゃに入り混じり、感情崩壊は今なお続いている。被災した人々同士でも、心は「てんでんこ」に孤立してしまっているのではないか。感情崩壊のケアは、この「無言」の状態から「言葉」を見つけ出すことではないか。私たちにできることは、たとえむなしくひびく言葉にせよ、誠心誠意、伝え続けることではないか。

もう一度、がんばって下さい、と。

奈良新聞

2011年（平成23年）4月27日

50年前の山火事

人里遠くはなれた山の尾根道を歩いていた。集落から2時間あまりもかかるところである。すると歯の1本欠けた3本鍬が落ちている。私は手に取って、赤錆びたその鍬をしばらく眺めていた。山で稗や粟を作っていた話しは聞くが、このような奥山で農作業をしていたはずもない。それに昔、鍬といえばたいそう貴重な農具の一つであった。不思議なこともあるものだと思いながら、私はまたその鍬を元の位置に置いた。

さらに尾根道を下り、ようやく自分の山にたどり着いた。しばらく来なかったので林内はすっかり暗くなっている。間伐をしなくてはならない。

私は隣の山との境界に書き付けを入れながら、潰れた小屋跡まで来て、煙草をふかした。かつて木小屋を覆っていたトタン板をなにげなくめくると、20本以上もの一升瓶が置かれている。割れているのもあるが、その多くは元の形をとどめている。昔によく見かけた薄水色の美しい一升瓶だ。さて、なぜこのような山中の小屋に一升瓶が集まっているのだろう?、私は想像をめぐらせた。そして、一つの忘れかけていた記憶とともに、落ちていた鍬の謎も解けたのである。

私が十歳の時のこと、夕食を終えた父は玄関先に立って、長い間むこうの山を眺めている日が続いた。何を見ているのだろうと思い、尋ねたところ、夜の山並みの中腹に、小さな灯りが点っているのを指差した。見えるか見えないかの灯りだが、風が吹くとボーッと大きくなる。たしかに—火—だ。

昔は皆伐した後に、林地残材を全て燃やしたのである。1haに1万本も植林したというその頃は、冬になると伐採跡の山焼きが、毎年いたる所で行われた。さながら冬の風物詩のように、薄雪の山から狼煙のように煙が立ち登り、山火事もまた頻繁に起きた。

作業員が消したつもりで山を下りてからも、木の株の中や、土に埋もれていた残り火がくすぶり続ける。そして、仕事も完了して何日か経ったある夜、けたたましくサイレンが鳴った。作業員は自分たちが出した火ではなく、隣で仕事をしていた人たちの火だと言い張ったが、父は「いや、うちの火だ」といって、あわてて出かけて行った。

校庭に老人や子供が集まり、近くて遠い山火事を見ていた。隊列を成して登ってゆく大人たちの懐中電灯の灯りも見えた。大人たちの中には、水を入れた一升瓶を「ウチガイ」という布でできた筒に入れて登った人もいたという。父もその内の一人だった。なにせ消火器などなかった50年も前の話しである。

で、鍬は……というと、これもまた60年も前のことになる。私はまだ母親の腹の中にいた。この年の山火事の話は、多くの村人に口伝されている。ある一人の山人の火の不始末が原因であったらしいが、二日二晩にわたり燃え続けたという。

当時の人たちの話しを再現してみると、消防団の若者らは延焼を防ぐため、ところかまわずに木を伐ったという。女性は大量のおにぎりを山の麓まで届けた。山の向こう側からは、隣村の消防団が駆けつけて来て防火帯を張った。年寄りたちも駆り出され、3本鍬で残り火に土をかけたと語った。火を出した当人は、何日後かに里に現れ、みんなの前で殺してくれと言って泣きわめいたという。

愚問と知りつつ言うのだが、なぜそのような苦労をしてまで森づくりをしたのであろう。半世紀経っても価値の見えない木を、父も含め、当時の人たちはどのような思いで植え続けたのであろう。
薄水色の一升瓶を前にしながら、私は50年も昔の溜め息をついた。

奈良新聞
2011年（平成23年）1月14日

幻の中国人

日中の国交が回復してから9年後の1981年、私は中国を訪れた。そこで私は群れ集う羊のように純朴な中国人と出会った気がした。

ツアーの日本人一行が買い物をする度に、背後は人民服を着た中国人でいっぱいになる。商品を差し出すと、ぶっきらぼうに数字だけを言う店員。お金を支払い、振り返ったとたん黒山のような人々の視線にギョッとするのである。しかしその眼ざしは決して悪意に満ちたものではなく、かと言って歓迎の雰囲気も汲み取れず、あえて言えば「無感動な好奇心」とでも言うべきものであった。

忘れられないエピソードがひとつある。上海の豫園《よえん》という観光名所で、私は不覚にも石の階段でしりもちをついた。しばらくの間、立てずにいると、大勢の中国人が集まって来て、騒がしくなり始めた。その声は明らかに「君、大丈夫か、大丈夫か」と気遣ってくれていたようだ。私は逃げるようにその場をあとにした。それからずいぶん経ってから、一人の青年が甲高い声で追いかけて来て「はい、これ」とでも言うようにカメラを差し出した。しりもちを着いた時、私は階段の上にカメラを置き忘れて来たのだった。お礼を言う間もなく、青年は人混みに消えていった。

あの頃の中国人はお互いがお互いを監視しあっていたのだろうか、青年はカメラを易々《やすやす》と自分の物にできたはずなのに、持主に届けることで国家的道徳の調和を図ったのだと思う。当初、純朴な羊のように見えたのも、アジア・モンスーン地域に共通する受容的忍従の精神であり、共産党支配による全体主義の（誘導）に違いなかった。それから30年、現在の中国にそのようなモラル、また受容的忍従の精神はない。

和辻哲郎は昭和初年の著書「風土」の中で、中国人の歴史的風土から織りなされた精神的風土を見事に言い当てている。それは、昨今の中国政府、また中国人の奇行とも見える行動と絡めてみても無縁ではない。たとえば、中国人の歴史的風土はアジア・モンスーン地域の受容的忍従の精神とともに、大陸的、砂漠的風土の入り混じった、いちじるしい「無感動性」において説明できると言う。日本人ともインド人とも欧米人とも、そこが決定的に違うところだ。

「シナ人が無感動的であるということは、シナ人が感情を持たないということではない。シナ人の感情生活の様態が無感動的であるというのである。」（和辻哲郎「風土」より）

また一方で、中国人は「戦闘的」であるとも言う。忍従性の裏側に持つ戦闘性、それはモンスーン的性格と砂漠的性格の結合であり、血縁的、もしくは地縁的な繋がりしか信じない、中国人独特の精神的風土なのだと言う。したがって、国家には一応従うが、決して底辺では信じようとしない「非服従的性格」を持つ、としている。中国政府が、今いちばん恐れているのはそこであろう。

またたく間に世界経済の中核に躍り出た中国、地球人口の5分の1を占める中国、一方でむき出しの大国意識を押し付ける国。

いずれにしろ、30年前に私が出会った中国人は幻のように消えた。

奈良新聞
2010年(平成22年)10月29日

谷行《たにこう》の墓碑

村人の屍を焼くわがつとめ無くなりしより何亡びしか

前登志夫歌集「野生の聲」より

私の集落では、まだ手づくりの葬儀が行われている。というのは、斎場も祭壇も焼却炉も自前、人手も炊き出しも僧侶も、司会者以外は総て地区の人たちのボランティアによって執り行われている。

まず焼却施設、いわゆる「焼き場」があることで穏亡《おんぼう》と呼ばれている役割りが割り当てられる。賄いをする女性陣は、むかし「女中」と呼ばれていた。今は「女子手伝」という呼び方に変わり、ちらし寿司やら味噌汁を作ってくれる。面白いのは野道具《のどぐ》という係りで、青竹を削った骨壷や、骨を拾うための竹箸、鶴を模《かたど》った燭台、四十九個の団子を刺す竹串が七本（一本に七個の団子を刺す。）また何を意味するのか分からないが、半紙を短く切ってそれを線香花火のように竹の棒に散りばめる紙細工。「死《し》花《か》」と呼ぶそうだ。竹箸はなぜ五本なのかと古老に問うと、二人が拾い残りの一本は骨の部位を指し示すものなのだと言う。

ともあれ、私の集落での葬送の準備は、誰ひとり文句も言わず、かと言って詳しい意味も分からぬまま、じつに和やかに進められてゆくのである。

穏亡は「式場係」と呼ばれ、区長である葬儀委員長につづく要職とされているが、この係りを好む者はいない。順番制で一軒に一人、四名が割り当てられる。私もさかのぼること七回、七人の死者を火にかけた。

村人が村人の死体を処分する。冒頭の一首は、この体験がベースになっている。昔はどの集落でもこのような葬送の儀式があった。穏亡の役目は残された村人たちの逃れることの出来ない「つとめ」であり、今から思えばそれが前登志夫の『谷行《たにこう》』であったとも言える。

前登志夫の村、下市町清水からこの集落葬の慣わしがなくなって久しい。三十年以上も前、私が前登志夫邸を訪ねた折、村の玄関とも言える車道のすぐ脇に火葬場跡地であったことを示す墓碑が立っていた。「こんな所に」と私は思った。どの集落でも火葬場は村のはずれか、人家の無い高台にある。

前登志夫は著書、「山河慟哭」の中で「谷行の意味が私に重たいのは、戦後も山中に自らを閉じこめなければならなかった来歴によるもの」とし、石子詰による谷行の掟と自分の来歴を重ね、さらに「集団から離脱した個の運命」、つまり生者と死者の分離が谷行の掟なのだという。火にかける生者と火をあびる死者。

小さな村の入り口をふさぐ石の碑を、私はひそかに『谷行の墓碑』と呼んでいる。

※谷行＝山中の行で、病気になったり動けなくなった者は、谷底に突き落とされ石子詰めにされるという修験道の掟。

奈良新聞

２０１０年（平成22年）３月31日

帰るとは幻ならむ

私が前登志夫に出会ったのは、奈良の三条通りにある三省堂書店だった。そこに師の短編エッセイ集「存在の秋」が置かれ、立ち読みしているうちに、この著者はどうやら私の郷里のすぐ近くに住んでいる人ではなかろうかと思うようになった。私はそれまで、前登志夫の名前すら知らなかったのである。

「存在の秋」の文章は吉野を離れて、ひとり、下宿暮らしをしている私の心に沁みた。見覚えのある山里の暮らしと風景、山川草木、鳥獣虫魚の息吹きを捉え、短い文章のなかに詩人の研ぎ澄まされた魂魄が光っていた。一方で、この本が語っているのはすべて吉野であるのに、私は自分の生まれ故郷を、まるで見も知らぬ異郷のように感じていた。それほど、私の「ふるさと」は、遠いところになりつつあったのである。そして、その年に、師がそうであったように、私もまた家業の林業を継ぐべく、奈良の古びた下宿を後にした。

帰るとは幻ならむ麦の香の熟るる谷間にいくたびか問ふ（子午線の繭）

田舎に帰った私は、師の古巣でもある「日本歌人」に所属して短歌を創り始めた。師の歌集は「子午線の繭」と「霊異記」がすでに上梓され、近代詩、現代詩の流れを汲むこのような短歌もあるのかと改めて驚いたものだ。そのようなある日、私は村の友人と連れ立って、前登志夫邸を訪ねた。緊張している私を前に、師はひょうひょうと世間話に興じられ、その合間に歌論や歌壇時評を交えて語られた。以来、私は頻繁に前邸を訪ねることになる。村上一郎、谷川健一、中上健二、前川佐美雄、塚本邦雄、保田與重郎など、様々な分野の著名人の名が師の口からつぶさに語られ、私はそれらのエピソードを、浜辺にて真珠を拾うような高揚感をもって聞き入った。また、山人どうしの付き合いとして、師の山林を一緒に見て廻ったり、立木を売ってもらったり、林内に作業道をつける計画をともに実施したりもした。恥ずかしい話だが、仲人をしていただいたいきさつ上、離婚調停に何度か立ち会ってもらった苦い思い出もある。

あのときばかりは、ずいぶんご迷惑をおかけした。

　師が亡くなって、私は改めて思うのだが、若き日の師にとって「帰る」とは本当に「幻」であったのだろうか。吉野への帰郷は、師の当然の帰結であり、そこを始点として珠玉のようなおびただしい短歌がつむぎ出されるのである。そういう意味で、「帰る」とは「幻」などではなく、詩人前登志夫の原点であり、まごうことのない現実であったことを、いまさらに思う。

　多くの場合、若き日の詩心は硬化、消失してゆくものだが、師の場合は違っていた。同人誌「ヤママユ」が再刊され始めた平成十年より十四年までの作品を集め「鳥総立」「落人の家」の二冊の歌集が刊行されている。旺盛な歌作とともに、師の感性は病魔の中ででも衰えることがなかった。今年二月に出された同誌に

すこしわれ生き過ぎたのかとおもふとき森はしづかに大寒に入る
正月の二十日の夜に降る雪のつもれる嵩に死をなげくまじ

など、死を見据えた作品がいくつもあり、私たちも今日のような日がいずれ来ることを、うすうす察知した。そしてそれは、ついに現実のこととなってしまった。

昔の師とは、よく酒を飲んでカラオケに興じたものだ。十八番は八代亜紀の「舟歌」だった。もう一度師とともに、カラオケで「舟歌」を歌いたいと思う。はやりの歌などなくていいのだ、と……。

書きたいことはいっぱいあるが、歌集「霊異記」の次の短歌を口ずさみつつ、筆をおこう。

この父が鬼にかへらむ峠まで落暉《らくき》の坂を背負はれてゆけ

奈良新聞

2008年（平成20年）4月30日

樽丸にみる木と文化

ある木材シンポジウムの席で、一人の林業家が、「林業の衰退や木材産業の冷え込みは、日本の木の文化が忘れられかけているからだ」というようなことを発言した。そのとき、会場から拍手も起こらなかったし、司会者もきょとんとしてその発言を取り上げようとしなかったが、私はその通りだと思っていた。

では、その忘れられかけている「木の文化」とは何を指すのだろうかと考えてみると、根底のところで「そもそも文化とは何か」という設問に突き当たってしまう。文化住宅、文化なべ、コピー文化など、一面でいかにも安っぽい意味を付与されてきた「文化」そのものの意味を、この場で整理することは不可能に近いが、日本の「木の文化」という様式や精神的産物は確かに存在したし、現在も存在する。それらをひとくくりにして言えば、人と木の関わりによって作られた伝統、生活様式、精神性、これを一応日本の「木の文化」と定義づけることが出来る。

ところで、日本の木の文化には二つの捉え方があるように思う。一つは木を利用し活用する「都の文化」であり、一つは木を生産し商品化する「森の文化」である。一方は消費の文化、一方は労働の文化、と言うこともできよう。都の文化は社寺建築を始めに絢爛たる木造様式美を造りあげた。また、和舟と桶樽の組み合わせによって物資の大量流通を可能にし、身近には什器や家具などの日用品、工芸品も、都市生活を支えてきた「木の文化」であった。

それらの木製品が利用された背景には、木を育て、木によって暮らしを立てていこうとする「森の文化」があった。深い山のあちこちでは、炭焼きの煙が立ち上り、木地師やクレ師と呼ばれた集団は、山中での木製品作りを生業にして来たのである。また、木材の流通を図った筏流しも、その風土に見合った川と森の文化であった。都の文化と森の文化、言い換えれば集約化された都市文化と散在した地方の文化は、ともに木と食の文化によって、車の両輪のように日本の歴史に関わってきたのである。

それが今、木そのものの価値観が揺るぎ始めている。森の文化によって生み出された木製品の多くは、石油製品にとって代えられ、建築様式に組み込まれた木の役割も、コンクリートやアルミ、疑似木材や加工木材など、およそ文化とはほど遠い新様式によって様変わりを見せつつある。仮にもし、アルミ文化、プラスチック文化というものがあるとすれば、「木の文化」と呼ばれてきたものとどこかが違っているはずだ。木と同様に、アルミやプラスチックも現代人の生活様式に深く根ざしていることに変わりはないが、何かが違う。それは、その素材が人間と関わってきた「時間」の違い、人間からすれば「相性」の違いなのだと私は思う。伝統文化と併称されるように、文化も伝統もながい時間の蓄積の上に花開くものである。とするなら、木の文化は木の時間を、鉄の文化は鉄の時間を、土器の文化は土の時間をそれぞれ蓄えてきたはずだ。その記憶が文化と呼びうるものの「ねうち」なのだと思う。

先ごろ、吉野杉で作られる「樽丸」の技術が重要無形民俗文化財の指定を受けた。もともと吉野林業は、酒を入れるための樽丸林業として栄え、以来、四百五十年の歴史をもつ。今では建築材としての利用が主流になっているが、むかしは貯蔵、流通を可能にしたオケやタルなどの容器は生活の主力品であった。樽丸生産に関わった労働量も裾野が広く、木を伐る人「キリ師」、寸断する人「サキヤマ師」、それを割る人「クレ師」と流れ、一尺八寸の板「クレ」が作られる。それを山から里に持ち帰る仕事は、女性や子供が請け負った。クレは酒の本場である灘でタル酒に仕立てられ、多くは江戸に運ばれた。元禄時代には一年に五万石、一升瓶にすれば五百万本の酒が消費されたという。

指定を受けた樽丸の技術は、まさしく忘れられかけようとしていた木の文化であり、その技術にスポットが当てられ、文化としての記憶がふたたび呼びさまされたのである。

奈良新聞

2008年（平成20年）4月16日

山で聞いた戦争体験

郷里に帰り林業を継いでから、はや30年がたった。当初、山の職場には6人の戦争体験者がいた。そのうちの4人はロシアや中国の捕虜になり、戦争が終わってからも収容所生活を余儀なくされた。彼らはどうしてか、あまり戦争の話しを好まなかったが、仕事の休憩の折、私は一人一人からポツリポツリと、戦争体験談、収容所体験談を聞かせてもらった。

Kさんはシベリアの収容所でロシア人の受刑者とともに3年間近く働いたという。零下20度のタイガに連れ出され、材木を搬出していたらしい。甘いものが食べたくてよく白樺の樹皮を舐めたものだ、と話していた。誰よりもおとなしい彼が収容所生活を話す時、ロシア人のことを「ロスケ」とか「あいつら」とか、にくにくしげに呼び捨てるのが印象的だった。ロシア人の看守と受刑者に混じり、日本人兵が半数以上いたという。炭鉱に出かける者、鉄道工事に携わる者、いくつかの労役があったようだ。

働いたら某かのお金がもらえるらしく、看守への賄賂は当たり前のように行われていた。トイレで使う紙がなく手で拭くことが嫌だったというので、「ロシア人は拭かないのかと」問うと、「あいつらはポロポロの糞やから拭かんでもすむ」と、半ば軽蔑したように話していた。

日本人兵の人気職は、散髪屋だと言っていた。バリカンとハサミを動かしながら、受刑者、看守、日本人捕虜ともどもに、口上手な散髪屋の世間話を聞くことが何よりの楽しみであったのだろう。針子職人、料理職人、マッサージ師、いろいろな日本人職人がいたと言う。

Ｊさんはビルマ、いまのミャンマーにて終戦を迎えた。捕虜にこそならなかったが、部隊がばらばらになり、ただ一人ビルマを抜けバングラデジュを抜け、インド北東部の日本の赤十字に命からがら身を寄せたという。Ｊさんが辿った道のりは尋常な距離ではない。地図で見ると大体このあたりだろうと見当がつくが、１ヶ月以上もさまよい歩いたというのだから、相当な距離である。その間、何を食べていたのかと問うと、犬を一匹捉え、その犬を背中に背負って、肉を千切り骨をかじりながらジャングルを歩き抜けたのだと話していた。昼のうちは銃を持った兵士がうろうろしているので、なるべく身をひそめ、夜のうちに歩いたとも話していた。

どのようなところを歩いたのかと聞くと、ジャングルと言ってもいちめんの竹林で、行けども行けども太い孟宗竹の林を、月明かりを頼りにひたすら歩き続けたという。

Jさんは帰国してから、犬をペットとして飼うことはなかった。また、犬に言葉をかけたり、なぜさすったりすることもしなかった。「あのとき一匹の犬に出会わなかったら、今ごろ俺は生きてなかったやろ」と、話していた。

Hさんは中国で捕虜になり、約一年後に脱走して港に向かったと言う。善良な中国人のリヤカーの荷台に身を隠したりしながら、ようやく港にたどり着いた時には、すでに最終の引揚げ船が出た後だった。Hさんは異国に一人取り残されたと思った。数日後、何かの政治交渉が成立したのだろうか、再び日本への移送が再開され始め、彼はその船に乗って、無事に博多の港に帰還した。沖合いを見ると、ひと足先に帰路に着いたはずの引揚げ船が停泊している。船内でコレラが発生したらしく、寄港を見合わせているという事だった。当時の引揚げ船は、主に博多、浦賀、佐世保、舞鶴の四つの港に着いた。そのいずれの港でもコレラ患者が出て「コレラ船」と呼ばれ恐れられた。Hさんは「もしあのコレラ船に乗っていたら自分もどうなっていたか分からない」と話していた。

戦争は、人々に数奇な運命をもたらした。

奈良新聞
2007年（平成19年）11月21日

消えゆく村

村は「群」であったということを民族学者の宮本常一氏が書いている。それはもともと、羊の群とか人の群というように「移動をこととするグループ」を指す言葉であり、稲作農耕文化による定住の始まりと共に、「村」いわゆる「集落」が形成され始めたと語る。これらの小単位の集落は移動してどこかに消えたり、また後世には、分村という形で新たに作られた村など、形成・離散を繰り返しながら、多様な成り立ちの歴史と共に今日の姿をとどめている。

ところで、村それぞれの成立の歴史は、大体見当がつくが、消滅・解体の成り行きはあまり伝えられる事がない。それは現代のような情報化社会においても、情報を発信するすべもないままに幕引きされるのが常だからである。国交省のアンケート調査では、「消滅する可能性がある」とされる集落が二千六百もあり、このようなデータが唯一の情報発信源でしかない。昨年二月、住民がたった八人になり、やむなく産廃の最終処分場をみずから誘致した石川県輪島市大釜地区や、ダムによる地すべりのために無人化した吉野郡川上村白屋地区は、特殊な例としてマスコミにより伝えられた。

だが、高齢化率が五十%を超える「限界集落」と呼ばれる共同体は、何の発信力も持たないまま、無言のうちに消滅への経過を辿りつつある。永い「時間の蓄積」や伝統を持ちながら消えて行く村々。どの場合も過疎、少子高齢化問題が背景にあるのだが、さらにその背景にあるのが産業の空洞化である。平たく言えば、農山村から農林業が消えつつあるのだ。

都市が必要とする「木の文化」「食農の文化」を送り続けてきた「村」であったが、石油文明の発展と流通のグローバル化によって、都市はもはや「村」を必要としなくなったとも言える。それと同時に林業の役割も環境と水源、また景観維持のための保全産業として位置づけられるようになった。木を利用し、木の皮を利用し、そのために木を植えて育てることの意味が、われわれにも分からなくなって来ている。

このたびの平成の大合併により、三百四十二もの村が消えた。ほとんどの村は、中山間地と呼ばれる、山や田畑に囲まれた小さな村々である。またそれらの村の多くは、市になり村人は「市民」と呼ばれることになった。しかし、だからと言って村が豊かになり人が戻ってきたわけではなく、やはり小さな集落、「群」の集まりであることに変りがない。

話を最初に戻せば、「村」のもともとの意味は戸数五十戸以下の小さな「集落」をさす言葉であった。最小単位のそれらの集落から消滅、解体が始まり、村や、かつて村であった地域、共同体が消えてゆくという暗い危機意識を、村に住むわれわれは、いつもいだき続けている。

また反面、いまや百人に一人にまでなった「むらびと」であることを、少し誇らしくも思うのだが……。

奈良新聞
2007年（平成19年）6月20日

吉野林業の行く末は

私の祖父は山守《やまもり》であるとともに、筏師《いかだし》でもあった。筏流しは昭和三十年前後をさかいに急速にさびれ、トラックによる搬送が主役になり、現在に至っている。

この筏流しや管《くだ》流しの歴史は古く、たぶん古墳時代以前にまでさかのぼるものと推測される。と言うのは、朝鮮半島で発掘される歴代百済王の棺材に、日本でしか自生しないコウヤマキやクスノキが、はるばる海を渡り使用されているからだ。

また法隆寺の樹齢二千年、直径2・5メートルというヒノキの大木も、「材質から見て吉野のヒノキではないか」と西岡棟梁が語っている。

このような巨樹は、おそらく山中にて割られ、何年もかかって山を滑り降り、川から海へ、そしてまた海から陸へと運ばれたものであろう。

奈良県の筏流しには、三つのルートがあり、ひとつは吉野・紀ノ川水系と十津川・熊野川水系。あとひとつは上北・下北山を舞台とした北山川から熊野川へと続くルートである。

吉野林業は、この三つ川の歴史に支えられて発展してきたことは良く知られているが、それが古代の文化、大げさに言えば日本史の一翼を担ってきたことに改めて驚かされるのだ。

ほんの五十年ほど前まで、どれほどの木材や木製品がこれらの川を筏と共に流れ下ったことであろう。秀吉の大阪城・伏見城の築城には吉野・紀ノ川水系である川上郷、小川郷、黒滝郷の吉野材が大量に使用されたようだ。また江戸城築城の際にも、紀州藩から三百五十本もの大径材が拠出されたとある。

これらの材は、熊野川水系を紀州木材市場へと流れ下った木材であったかもしれない。

ところで吉野には「山守制度」というのが永く根付いてきた。

山守制度が何時ごろから始まったかはっきりしないが、川上村の植林の歴史は四百五十年と言われ、黒滝村では四百年とされている。山守制度はこの植林の歴史と共に始まったものと思われる。

山主と山守はお互いに信頼関係を築き、より価値の高い山林を作ろうという面で目的を共有する立場にあった。山守は地域に住み、常に山の状況を見て廻ることが出来たから、遠くに住む山主にとってはありがたい存在であったのだ。一方、山守にとっては仕事と収益、また社会的信用を与えてくれる、いわゆるオーナー的な存在が山主であった。

この山守制度によって、今日の吉野林業が支えられて来たのであるが、しかしこの制度もおびただしい材価の下落につれ、しだいに破綻を来しつつある。

木材価格の下落は森林から生業《なりわい》を取り上げ、山主の立木収入もほとんど無きに等しいものにしてしまった。森林の荒廃はますます顕著になりつつある。山守制度が廃れると共にその制度のもとで働いて来た林業のプロたちも職を追われ、後継者、継承者を生み出せなくなる。各森林組合のもとで作業班の若者たちが汗を流しているが、彼らの立場も先の見えないものになりつつあるのが現状であろう。

根本的に林業のゆく末が危ぶまれている。今日の市場経済のもとでは、安い外材で家を建てればそれでいいことかも知れない。けれどもそれによって荒れて行く風土、森林、また地方の歴史や風景、といった有形無形の価値の存続すらも危ぶまれているのである。

『何とかしなければ』という私たちの声が、木霊のように反復され、様々な方面から、打ち戻って来ることを願ってやまない。

奈良新聞

2006年（平成18年）8月30日

文明の向かう先

極端な言い方をすれば、人間が文明に求めたものは、便利さと快適さと清潔さの三つであったような気がする。その三つを満たすことこそが生活や人生の豊かさなのだと信じてきた。いわば、文明は人間の「豊かさ」を満たすために日々進化してきたのである。

それが今になって、文明の盲点をつくように急速に浮上してきたのが、地球温暖化問題をはじめとするさまざまな環境問題であろう。石油系ゴミから出るダイオキシン、産業廃棄物、温暖化ガス、核廃棄物、マイクロプラスチックなどは、地球上の資源が文明の排泄物となって、形を変え有害化したものである。作る側も、使い消費する側も、あまりそのことには関心を払わなかった。

同じことは、住環境についてもいえる。家に満ちている家電製品や、システムキッチン、バス、トイレなど、身の回りの文明の利器は、便利さ、快適さ、清潔さの三つのファクターを追求し、売り物にしたものだが、それらと共に、今ようやく「環境配慮」という新たな認識が加わった。これには、人間にとっての真の「豊かさ」とは何か、というテーゼと、「文明の限界」というアンチテーゼが含まれている。

化石資源文明の終息、温暖化防止という前提のもとに、代替エネルギーの開発や、更なる省エネ製品の実用化、環境負荷の低減やゼロエミッション、エコマテリアル、リサイクル社会と言葉は躍る。多くの企業は、環境に配慮すれば「儲かる」、配慮がなければ「取り残される」という新たな競合の図式に敏感である。

しかし、究極の環境配慮であるはずの「地産地消」の問題は置き去りにされたままだ。外国の土と水に60％もの食料を頼り、国産の木材には目もくれず、82％もの輸入材を買いあさる日本独自の文明のあり方が、厳しく問われなければならない。食料品、木材も自国で産するものは輸入に頼らず、農林業の再生を図り、地方経済を自立に導くことこそ、新しい文明の姿ではなかろうか。

原油価格の歴史的な高騰の中、化石エネルギーに変わる新エネルギーの開発と利用は緊急の課題となった。しかも持続可能、循環可能なエネルギー転換が理想であり必要であるとされる。そのようなものがあるかどうかはともかく、人類の未来は最終的には生物資源に頼らねばならないのではあるまいか。いわゆるバイオマスエネルギーである。地球に眠る遺産を食い潰すやり方ではなく、人間が自ら化石資源に代わるものを作り出すには、自然・生態系に頼るより他に途がないように思われる。

原油価格の高騰につれ、バイオマス燃料が各国で急速に需要を伸ばし始めた、と新聞は報じている。バイオディーゼル燃料やバイオマス発電、アルコール燃料、日本では菜種油から作られるBDFなど、いずれも軽油やガソリンにそのまま混ぜて使用することができる。

案外、文明の向かう先は、畑や土や森の中なのかもしれない。

奈良新聞

2005年（平成17年）10月5日

コウヤマキに宿る霊

日本のコウヤマキは一科一属一種で、世界のどこにも仲間のいない、極めて特異な木である。分布も関西と木曾の一部に限られ、かなり昔から——例えば縄文の昔から——尾根筋のやせ地に天然林として群生していたものと思われる。植林されるようになったのは戦後で、高野地方や吉野地方のごく限られた一部地域が最初であったのではなかろうか。

百年生前後のコウヤマキの純林に足を踏み入れることはあるが、どうも植えられた形跡が無い。林内を眺めると、いたる所に実生苗が芽を出していて、何かの条件で裸地になったとしても、これらの稚苗が成長して同じようなマキ林を形成してゆくだろうと思ったものだ。

コウヤマキで有名な話は、スサノオが「棺材として使え」と語ったことだ。近畿地方の前方後円墳から出土する木棺材は、例外なくコウヤマキが使われているという。

また、歴代百済王の古墳の棺材も二十一例中一例を除いて、日本から渡ったコウヤマキであるということを、小原二郎氏が紹介している。しかも、幅八十センチ、厚さ十センチの大径材であるということから、千年以上の樹齢を想定してもおかしくない。

ところがつい最近、韓国南部の古墳からクスノキで造られた木棺が出土した。同じころ、奈良県広陵町の巣山古墳では、スギで造られた船形葬具とともに、これもまたクスノキでできた木棺の蓋が発見された。コウヤマキ同様クスノキも朝鮮半島では自生しない。日本に無かった鉄の対価として木材が海を渡ったのではないかと専門家は推察しているが、それにもまして、一部とは言うものの棺材としてクスノキが使われていたということは「ヒノキは神殿に、スギ、クスノキは船に、コウヤマキは棺に」と言ったスサノオの適材適所説を翻すものである。

現在でもコウヤマキは風呂桶材として人気があるが、「棺」という特殊な用材として利用されたのも同じ理由からであり、水に腐りにくいという面でコウヤマキに勝るものは無い。世界中の木を集め土に埋めたとしたら、最後まで残るのは、おそらくコウヤマキであろう。

コウヤマキはまた、その枝を仏に供える生花としても定評がある。お盆や彼岸の墓参りの時期、私の村では、木に登って枝を採取する「花採り」と呼ばれる仕事に業者は追われる。採られた「マキ花」は近畿一円に流通して、最近亡くなった人から何百年も昔に亡くなった祖先たちの墓前に並べられるのだ。

棺といい仏花と言い、コウヤマキはどうやら死者とゆかりの深い樹木であるらしい。クスノキは飛鳥時代に仏像を彫られた木であり、ヒノキは法隆寺や伊勢神宮など広く社寺建築に利用され、スギは和室の内装材、床柱など、いずれも華々しい経歴を持つ。サクラ、モミジは花や紅葉が和歌にめでられ、モミはクリスマスツリーとして一年に一回のモニュメントの役割をはたす。

それに比べ、コウヤマキは地味である。棺として死者と共に土に埋められることを、この木はあらかた知っていたのではなかろうか。だから唯一、他のどの木よりも腐りにくくなってやろうと……。

氷河期を生きのこりたる日の本の槇の香りは言葉の柩

（前　登志夫歌集『鳥總立』より）

奈良新聞

2006年（平成18年）3月22日

見捨てられた森林

日本の森林は67％もの高い森林率を維持し、安定的な成長とともに二酸化炭素の削減に寄与しているという。果たしてそうだろうか。「木を見て森を見ず」という言葉があるが、飛行機のような上空から日本列島を見下ろすと、確かに国土に占める緑の割合は多い。

では日本の森林を「木を見て森を見る」という視点から捉えてみよう。つまり森に入り一本一本の木を見ることで森林を捉え、安定的な成長期にあるかどうか、二酸化炭素の削減に寄与しているかどうかを確かめてみたい。

日本の森林の44％が人工林である。それも戦後に植えられた六〇年生までのスギ、ヒノキ林が殆どだ。スギ59％、ヒノキ20％の蓄積率である。五〇年生から六〇年生のスギ丸太の市場価格は、1立方m当たり一万五千円から二万円で、伐り出しの経費も同額程度である。（1立方mは長さ3m、直径18㎝の丸太が10本。1本単価は千五百円から二千円にしかならない。）
つまり、しかるべき営業利益もなく、半世紀間育てた様々な形での出費は無駄であったということだ。ちなみに1本の木を育てるのに五千円から七千円の費用が掛かっている。（吉野林業での試算）
しかしまだこの齢級の森林は、わずかであるが収益を上げてきた。二度か三度の間伐の際、足場丸太や磨き丸太として出材経費以上の売上げがあったからだ。それ以下の齢級になると殆どお金は見ていない。主に拡大造林で植えられた森林だが、所有者が居るのか居ないのかも分からず、立ち枯れた木とともにヒョロヒョロと影絵のように揺れている。太りもしなければ枝を伸ばすことも出来ない、そのような森林が際立って多くなって来たと感じる。
またそのような森林の所有者も様々である。100％手をかけておきながら間伐を放棄した人、植林だけして後はそのままの人、名義が変わり所在が分からなくなった人、面積十aから何十haもの所有者、ともに不在村所有者が多い。境界木に新しく書付（木に自分の名前や屋号を書く）が記されていたり、赤や青のペンキが塗られていたり、プラスチックの境界杭が打たれている森林は、所有者が明確であり、管理が行き届いている。しかし、時が経つにしたがって書付やペンキは消え、境界杭は朽ち果て、林相は大きく変化する。管理の行届いた森林はより立派になり、見捨てられた森林は内部から腐ってゆくような印象を与える。立枯木が多くなり、燃えやすい状態になっていることも確かだ。

このような森林が増加傾向にあると感じるのに、一方では〈安定的な成長量〉が机の上で試算されている。樹木は太ることや茂ることで二酸化炭素を取り入れ、枝、幹、根に蓄積して固定化する。また建築材、家具材として利用されることで、さらに何十年の間、固定化を継続させる。焼却される頃には、また次世代の森林が育っているという循環のサイクルに従えば、二酸化炭素濃度は計算上、確実に下がってゆくはずだ。

しかしそれを誰がするのか。国産材の利用率20%、五十年間育てても1本につき五千円から七千円の育林費は戻ってこない。親が植えた森林が子や孫の代に負債として残されるのであれば、当然の事ながら、ますます森林は見捨てられ、日本の国土からも忘れられてゆく。

平成13年度に新たに策定された［森林、林業基本法］第26条に、次の記述がある。

「国は、林産物につき森林の有する多面的機能の持続的な発揮に配慮しつつ適正な輸入を確保するための国際的な連携に努めるとともに、林産物の輸入によってこれと競争関係にある林産物の生産に重大な支障を与え、または与えるおそれがある場合において、緊急に必要があるときは、関税率の調整、輸入の制限その他必要な施策を講ずるものとする」

林産物の輸入を「確保」したいのか「制限」したいのか、どちらとも分かりにくい文章である。ただ「緊急の必要」性に林産業界がおかれてしまったことは間違いない。

奈良新聞

2004年（平成16年）4月9日

花粉症と林業

4人にひとりが花粉症だと言われる。花粉症が増えた原因として、杉や桧が戦後いたる所で植林されたことが挙げられ、続いて排気ガスなどによる大気汚染がそれに加わったものだと説明される。

では、どうして杉や桧がいたる所で植林されたか、また、今になってなぜ花粉が大量に飛散するようになったか、林業に携わる者として多少後ろめたさを感じながら説明を加えてみたい。

戦後の復興のスピードは、あらゆる面で性急でありすぎたといえる。荒れ果てた都市部の復旧・復興、食糧事情を回復するための農地と農業の立て直しのスローガンのもと、何でもいいから作れ、建てろ、売れの時代となる。そのようななか戦中の強制伐採の名のもとに皆伐された山々にも手が差し伸べられた。終戦とともに帰還した兵士、あるいはシベリアや中国に抑留されていた俘虜等、いわゆる団塊の世代の親たちの手によって、山は元どおり、いやそれ以上に急速に緑を回復していった。

そして植林された木の多くは、おもに花粉症の首謀者とされる杉であった。当時、軍用材として手っ取り早く伐採されたのは、搬出に便利な道路のそばの山林であり、おおむね、そのようなところは杉の適性地である。木馬や修羅が唯一の搬出手段であったその当時、道路に面した山林は委細構わずに伐り開けられたのである。

植林ブームに並行して、都市の復興にも大量の木材を要し、山村は今までにないほどに活況を呈した。建築用材をはじめ、足場丸太やパルプ材、桶や樽用材、薪や木炭にいたるまで木材の需要は大量に広がり、皆伐された跡地にはさらに杉・桧の植林がなされた。

昭和30年代に入っても、広葉樹を伐採して杉・桧などの針葉樹を植林する拡大造林が各地で行われ、ますます花粉列島としての下地をこしらえていく。また、期を一にして米の減反政策がとられるようになり、日当たりの悪い山村の棚田が真っ先に減反と補助金の対象になった。ここにきて、またしても杉・桧が植林されたのである。

ところで、どのような木にも生育にふさわしい適性地というものがある。一般に桧や松・高野槇などは水の逃げて行くところ、つまり山の尾根がふさわしく、杉やケヤキは水と土が集まるところ、つまり谷や川べりを好む。山に尾と谷がある限り、杉・桧の敵性地はあらかじめ決まっていると言ってもいい。桧の敵性地に杉を植えても生育は悪く、その逆も同じことである。極端に老成したり、桧らしくない桧になったり、杉らしくない杉になったりして、実をつけ始める。むろん、杉・桧どちらにも適さない土壌の林地もある。

戦後の復旧造林、また拡大造林は、この土地の選択を見極めた上で行われたのであろうか。私にはそうは思えない。今日のおびただしい花粉の飛散状況が、そのことを如実に物語っている。

50年生前後の、いわば「青年木」が実をつけるようになったのは、おそらくそればかりが原因ではない。普通、杉・桧の種子は立派に成長した百年生以上もの大木から

採取されていた。「タカスギ開発」のコマーシャルでよく知られるように、選ばれた木の種子だけが実生苗として育てられ、山に植えられた。

しかし、年を重ねるごとの造林ブーム、林家からの注文に応じきれなくなった種苗の出自は、しだいに不詳のものとなっていく。老成してしかたなく実をつけた若木から採取された種子、それを知らずに育てた苗木屋、販売の窓口となった森林組合、わずか30センチ余りの苗から、何十年後かの木の姿が想像できないの良いことに、このような悪い苗が大量に植林されたことが、今になって想像される。むろん、そのような苗がすべてであったわけではないし、同じ木の種子からでも様々な遺伝子や、違う形状を持った木が生育する。しかし、先にも書いたように「土地に合わない」ことと相まって、劣性化した木は早くから実をつけ、花粉を飛散させるに至るのである。

かつて、そのような劣性木は間伐材として早いうちに抜き伐られた。そして、林内に放置されるのではなく、薪にもなり杭にもなり、足場丸太にもなった。稲を干すハサにもなり、養殖筏にもなり、磨き丸太や垂木にもなった。山はいつも人の目の届くところにあり、人々の生活を支え、価値を生み出す代わりに下刈りや間伐などの労力を必要としたのである。

しかし今日の現状は……足場丸太はスチールパイプが取って代わった。薪炭はガスや石油が、樽や日用品はプラスチックが取って代わった。建築用材は外材や集成材が取って代わったのである。大げさに言えば、縄文文化が弥生文化に席を譲ったように、石油文明は今や木の文化を駆逐しつつある。

当然、山林の価値は激減し、しだいに放置されるようになった。間伐されることもなく、戦後に植林された膨大な山林の杉・桧は伐期を迎えても、なお薄暗い林床にひしめいている。小径木の利用が言われるようになって久しいが、すでに小径木の使い道は絶たれ、50年生前後の柱になるような間伐木の利用も、低価格ゆえに断たれようとしている。「もったいないな」と思われながら、仕方なく山に捨てられるのである。

間引かれずに放置された山林は、どのようになるであろうか。まず優性木と劣性木、明瞭に分かれる場合があり、すべて劣性木になってしまう場合もある。そして、周辺の多くの木が生育不良になることは、密接率が高く、それぞれの木が共生できないような状況下にあること（日当たりや養分の問題）、その土地に不向きであること、あるいはもとより植えられた苗木が悪かったかのいずれかだ。林内の表土は流され、立ち枯れの木や倒木が多くなり、山林は日ごとに疲弊し始める。動植物の環境条件も悪くなり、ついには木の墓場のような薄暗い林相を作り上げていく。

間伐はこれらの諸条件を解消する必要不可欠な手段であり、これからの林業の根幹の問題でもあろう。曲がった木や腐った木とともに、早々に実をつけるような劣性木も、何度かの間伐の際に抜き伐られることによって、花粉の飛散量も少しはましになるに違いない。

間伐を終えた森林は生き生きとしている。林床は明るく、さまざまな草や木が生え、土壌にはミミズや微生物が生息して、ネズミや鳥などの小動物を呼び寄せる。光合成、保水性が高められ、水質浄化のサイクルができあがる。山が健康になることは、ひいては私たちの環境そのものが良くなるということでもある。

ともあれ、戦後に植えられたおびただしい数の杉や桧は、春になると花粉を飛ばし、自分たちの窮状を嘆いていることをわかってほしい。

奈良新聞
2003年（平成15年）3月25日

環境と林業

一本百円かけて作った大根が、どうしても50円にしか売れなかったとしたら、大根作りという「なりわい」は既に破綻しているとみなされるだろう。

今の林業がそれである。しかも50年、百年のスパンで、年輪を数えるように、植栽から伐採までの労力と歳月の積み重ねを計算することができたら、そしてそれを、今日の木材価格と照らし合わせてみることができたら、思わずフッと大きなため息が漏れるに違いない。

今のところ、このため息は私たち林業関係者だけのものだが、いつか必ず環境全体の大きなため息となって吐き出される日が来ることと思う。大きな矛盾をかかえた林業、森林という地球の財産を背負った林業、その林業と環境との関わりの一端をかいつまんでみたいと思う。

林業は今ふたつの大きな岐路に立たされている。木を作りその価値に依拠するところの林業か、あるいはもっぱら水資源涵養、国土保全、二酸化炭素削減等、環境保全に貢献する林業か。前者、木づくりの林業は先にも書いたように、すでに破綻をきたしつつある。一方で、生業を廃した環境保全型の偏った林業を、行政が根付かせたとしても、それは所詮、わが国だけの環境であり、外材への依存度はさらに高くなるのが当然である。ひいては国産材を供給できなくなった分だけ、熱帯地方の残りの緑は、一枚一枚薄皮を剥ぐように地表から消されていくに違いない。日本での林業破綻、崩壊が新たに熱帯地方の森林破壊を招くという表裏一体の矛盾も見落とすことができない。

思えば、国産材価格の低迷は外国産材を持ち込んだことによって始まったといっても過言ではない。自国の木材の蓄積を増やすために、昭和31年、輸入丸太の関税を全面撤廃して以来、外材は堰をきったように流れ込んだ。

これは非常に安価で、大量に供給することができ、戦後の復旧需要にわきあがる国産材とともに、不足した住宅需給を満たすことができた。もし外材輸入が厳しく制限されていたとしたら、日本の国土、山林は手がつけられないくらい荒れていたであろう。

このように当初、外材の日本上陸は住宅事情を改善し、日本の国土と山々の緑を回復させ、一時は国産材との共存、共栄が可能であるかに見えた。しかし現実はそうではなかったのである。その間に、さまざまな近代化の波が押し寄せる。製材機械の大型化、それにともなう合板、集成材の大量流通、一本の丸太を四面に切り一丁の柱角を作るような国産材の製材方法とは異なり、長尺の大径材を大型機械によって一気に柱角や板材にする。合板はおもに、ラワン材をトイレットペーパーをほどくようにくるくると剥き、それを何枚も張り合わせて薄板にする。年輪がないので容易に剥くことができ、思い通りのすべすべとした広い一枚板ができあがる。

柱などの角材にはアメリカ産のトガが人気を集めた。家具にはタイ産のチーク材、化粧用構造材には台湾ヒノキというふうに、外材は種類や用途も豊富で規格通りの量産、流通が確保できた。この一連の製材機械化と量販の流れは、一方で国産材ならびに日本の林材業が外材との競合に負けていくプロセスでもあった。徐々に、徐々に国産材の利用率は低下し、家の木質系部材は外材によって凌駕されていったのである。

現在、木材、食料品の輸入が世界一を占める日本においては、建築用木材の70％は外材、食料品においては60％が外国と水と土で育ったものと思って間違いない。「地産地消」の言葉とはほど遠い現実がそこにある。

……………………

さて一方で、木材輸入国である熱帯地方に目を転じてみると、そこではさながら「宴のあと」のような惨状が展開している。

たとえば、フィリピンのラワン材については、日本がその全土において、ほぼ枯渇するまでに伐り尽くした。そして、国土の70％もあった森林率は、今では22％だそうである。日本向けラワン材の半分以上は、ミンダナオ島から伐り出されたものだが、樹木の消えたこの島の奥地では、少数民族が痩せ地にトウモロコシや根菜類を植え、日々水を求めて暮らしている姿が痛ましい。日本は戦中の一時期、この国を支配したが、戦後たちまちのうちにフィリピンの森林からラワン（メランティー）という植栽不可能の樹種を葬ることで、戦争まがいの国土破壊を行ったのである。森林の消失にともない、フィリピンはインドに次いで世界第二の災害大国になったと言われている。その後、フィリピン国土の緑化植樹に手を差し伸べ、「宴のあと」の地にユーカリなどのパルプ材を植林して一応の成果を得た。実に皮肉な経緯をへて、日本の林業技術が海を渡ったのであった。

しかし、ラワン材への木材商社の執着はフィリピン一国にとどまらず、次はインドネシア・ボルネオ島へと飛び火する。ここでもまた大量伐採が1970年代から始まり、過度の森林消失に気づいたインドネシア政府は、原木輸出の禁止、合板加工業者等、企業の選定をより厳しいものにした。それでもボルネオ島・カリマンタンの地では、かつての熱帯雨林の多くは消え、原野と化している。

現在、ラワン材の輸入は、もっぱらマレーシアのサラワク、サバ両州から45センチ以上の大径材に制限され行われているが、この地方の熱帯雨林がなくなるのも、もはや時間の問題と言われている。

駆け足で熱帯林破壊の現状を、ラワンを通じて見てきた。そして、その主軸として日本が関与した事実は、しばしば「蚕行」という言葉で表現される。直接的には、アジア熱帯材のめぼしいところを輸入しただけだ、という言い訳は通らない。間接的に、伐採地への入り口となった林道をたどり、奥地まで入植した原住民による焼畑、また焼畑がもたらした大規模な山火事は、1983年、1977年の二度にわたり、エルニーニョの異常気象も加わって、想像を超えるような大面積を焦土と化した。ボルネオ島では、三百万ヘクタール、およそ九州一個分が二度にわたり消失した計算になる。

これがおおむね、自国の木材資源の温存、住宅需要の改善を図るために、日本が行った結論としての「蚕行」であった。

その背景で日本の林業は衰微し、木材の蓄積量が増えたものの、「伐られないこと」による放置、あるいは、伐られたまま「放置される」ことによる新しい形の森林破壊が言われるようになった。市場に出しても採算が取れない、またそれをしてくれる人もいない、ということで、ますます山林および林業への無関心を募らせ、山村からの人口流出、放置面積の拡大、里山風景の無機化、山地土壌の流出等、数えあげればきりがないくらい、複合的な国土破壊が露見してきている。いずれも、林業の破綻がもたらした「日本国土の無価値化」が環境を蝕んでいく姿ととらえられよう。

林業が環境の守り手として機能するためには、多くのコンセンサスを必要とする。それは水の問題であり、治山・治水の問題であり、生態系や植生の問題であり、温暖化の問題であり、小さくは目の前の風景から、大きくは地球規模の海洋、森林破壊、異常気象へとつながり、点から面へと広がってゆく性質のものだ。

しかし、私たちはまず、自分が飲んでいる水、食べている食物、川と森の風景、そのようなものを的確に視野に入れて欲しい。

そこには、あまりにも肩身の狭くなった「林業」の姿が浮かび上がるはずだ。

奈良新聞

2003年（平成15年）8月6日

台檜のふるさと

台湾、阿里山の観光コースを歩いた。

標高2100メートルの森林遊楽区には、樹齢千年以上の巨大ヒノキが点在している。いちばん太い木は「香林巨木」と名付けられ、樹齢2500年、直径は約3メートル。言葉をなくしてしまうほどの勇姿である。

林内には、樹齢3000年クラスの巨木の切り株が点在している。植林されているのは、ヒノキにまじり、どういうわけかスギが多い。樹齢は50年から100年生まで。スギは日本から持ち込まれたもので、台湾には自生しない。

点在する巨木は中が空洞になっていたり、複数の木が絡まって育ったものが多く、用材としては不向きである。だから伐られずに残されたものであろう。それらの一本一本に圧倒されながら、木でつくられた遊歩道を歩いた。公園のなかには学校や神社もある。日本人がこの阿里山を開発するまで、おそらく、ここは原住民「ツオウ族」

の侵害されることのない聖地であったのかと思うと、なんだか複雑な気持ちになる。

観光の最初のポイントは、阿里山山頂からご来光を眺めることである。早朝5時、阿里山駅から、かつて台檜を運んだ阿里山山岳鉄道の支線、祝山線に乗って、約30分ほどで祝山駅に着く。阿里山2500メートルの山頂から台湾の最高峰である玉山、いわゆる新高山《ニイタカヤマ》を望むことができる。標高は3952メートル、富士山より高い。シロップをかけたような雲が玉山山頂にかかり、残念ながらご来光を見ることができなかった。

バスにて山を降りる。ところどころに集落があり、大半は烏龍茶の生産を生業にしている。道路の上にも下にも、険しい斜面を利用して烏龍茶が栽培されている。初冬だというのに大勢の女性が茶畑に出て、お茶を摘んでいる光景を見かけた。家の前には、摘みたての茶葉が乾されている。

阿里山は、下から熱帯、亜熱帯、温帯と、高度が上がるにつれ植生を変えていくのがわかる。山の中腹ぐらいまで、ビンロウ椰子が栽培され、自生しているバナナやタピオカの原料であるキャッサバなども見かけるが、それ以上になると姿を消す。烏龍茶は山の中腹以上で栽培されているのである。ビンロウ椰子は阿里山の中腹部にいたるまで、かなりの範囲で栽培されている。最初、ココナツヤシの木だろうと思っていたが、葉のすぐ下の幹にヒゲのようなものがあり、そのなかにピンポン球くらいの実をつけている。その実がビンロウである。

ガイドさんにビンロウとはどのようなものかと尋ねると、そっけなく「あれは癖になるよ。」とだけ教えてくれた。どうやらビンロウは、少しいわくつきの産品であるらしい。

話を台檜にもどしてみよう。森林遊楽区の巨木は、案内板に「紅檜」と書かれたものが多い。ところが紅檜と呼ばれているのは、じつは「サワラ」だという説がある。「ヒノキ科ヒノキ属には何種かある。まず、国内には檜とサワラの二種。台湾には業界で台檜と呼ぶ台湾ヒノキ、そして紅檜と呼ぶ台湾サワラの二種がある。紅檜は台檜の別称と書かれた本を読んで、ずっとそう思ってきた。ところが、ある研究者から、紅檜はサワラだと教えてもらった。おそらく、サワラとわかっていても、日本での売買を前提としているので、高級材である檜の字を残しているのであろう。」(『木に学ぶ』

早川謙之輔著）

ということであるが、台湾ヒノキと、台湾サワラだとされる紅檜の違いは、正直なところ最後までわからなかった。

西岡棟梁も台檜について書いている。

「薬師寺金堂再建のためのヒノキを台湾まで見に行ったときのことです。その土地には樹齢2000年から2500年のヒノキが生えていました。そんな老木でありながら、中には若木のように枝、葉に勢いの良い木がありました。そういう木は決まって中が空洞です。年相応に、老の風格のある木は、芯までしっかりしていました。」「薬師寺金堂に使った台湾ヒノキのうち、柱材に使った丸太は直径2・5メートルもありました。それを4つに割って70センチ直径の丸太にしましたが、日表の分は南側に、日裏の分は裏側に回しました。」（法隆寺を支えた木）

西岡棟梁は、薬師寺再建のために伐られることになった樹齢2500年の巨木を前に、一心に「拝んだ」という。実はこの時に使われた木は、阿里山から持ち出されたヒノキではなく、阿里山より約70キロ北部の「北丹大山」に生えていた天然木である。

芯去り材で、節がひとつもなく、長さ6・5メートル、末口の直径が1・75メートル、それが条件であり、そのような材を22本要したという。明治神宮の一の鳥居も、平安神宮の用材もこの山から伐り出された台檜である。

さて、伐り開けられるまでの阿里山はどのような山だったのだろう。巨大なヒノキが林立して、地の霊と天の霊が交わり会う神霊のトポス――神が降臨する巨木を「憑《より》代《しろ》」と呼ぶが、神はさぞ「どの木を選ぼうか」と迷われたことであろう。

林内に点在する巨大な切り株が、そのことを物語っていた。

父と短歌

父が死んで十三年目の春を迎えた。

父は文学には無関心な人であったが、死ぬ一年ほど前、私に「龍彦、短歌はどういうふうに創るんや？」と聞いてきたことがある。私は、「5、7、5、7、7と作るんや。」と、ただそれだけを教えたのだが、後日、父の手帳に二七首の短歌が書かれているのを見て、「へぇー」と思ったものである。それほど父と文学とはかけ離れたものと思い込んでいたからだ。

父の死の告示を最初に耳にしたのは、私ひとりであった。天理病院の一室にて、父の肝臓が映ったフィルムを前に、「お父さんの寿命は永くて五年です。」と女医が言った。私はその時、父が死んだ時以上のショックを受けたようでもあるし、「あとまだ五年もある。」と自分に言い聞かせたようでもあった。

医師は続けた。

「これを見てください。癌が点在しています。とりあえず、この大きいのを次の血管造影で……でも、これらの小さなものが次々に大きく……。」
私は医師が差す指示棒の先を、見知らぬ虫を追うように見ていたと思う。

三年後、父は死んだ。その間、私たちは幾度となく、天理の病院と家とを行き来した。入院しても一週間ぐらいで出てくるので、誰も父がそのような重病だと気づかない。本人も気がつかず、知っている私と母は、隠し通すことが父を永らえさせる秘儀のように思い込んでいた。

彼岸花咲く飛鳥路をありがたく憩いの部屋を出でて帰らむ
外泊でよろずを出でて家路へと山また山の秋の冷たさ
（※天理病院はよろず病院、憩の家ともいう）

しかし、入院する日数は次第にながくなっていった。母は父の隣のポンポンベットに寝て、私は病院横の車中で寝た。空が白み始めるころ、天理教の大太鼓が時を知らせる。私は車中にて、寝不足の頭にずんずんと響くその音を聴いた。父もその音を、心待ちに聴いていたようだ。

教会の朝のみ太鼓　御親《おや》さまが今日も生きよとのお声なりけり
夜明け告ぐ太鼓の響き正座してじっと聴き入る今日の始まり
朝もやにむこうの病棟とほくみゆやがて晴れくるさはやかな朝

父は死と向き合うと同時に、正座して一日一日の「生」と向き合っていたのだろう。「今日も生きている」という実感は、普通の健康なものにはわからない。というより、ただなんとなく生きている。同じように「死ぬ」という実感も、人間は最後の最後までわからないのではないか。極端な言い方をすれば、私たちは「人間は誰でもいつかは死ぬ」ということは分かりつつ、「しかし自分だけはまだ死なない」と思い込んでいるのではないか。あるいは、そんなことすら考えないのではないか。

病かさね入院永くわが生命あとなきことを察しはじめる
　よろずへと久しく通ふこの路もかへれぬ時ぞとほきにあらじ

　何度もモルヒネ注射を受けながら、父は自分の死を覚悟し始めたようであった。葬式はどこでしてくれとか、焼香順を間違えるなとか、会社はどのようにしろとか、母親と争うなとか、「自分はちょっといなくなるので、その間、留守を頼む。」というような言い方である。

　私も母も、父に涙を見せることはなかったが、最後の日、ひとりの若い看護婦が、父の手を握って激しく泣き出した。死ぬ前の夜のことだったと思う。父のベッドの横に膝をついて、看護婦は「中井さんまた会いましょうね。どこかで出会いましょうね。」と何度も語りかけ、父も力なく泣いて「世話になったなぁ。」と、長い間手を取り合っていた。その後も四、五人の看護婦が病室に別れを告げに来て、そっと涙を拭いて出て行った。三年の月日は、父と看護婦とを強く結びつけたようであった。

体温をとれと差し出す看護婦のはさみたいのは白く細い手
病棟の部屋から部屋へといそがしく白衣の天使今日も頼もしく
うたた寝のやさしい声に起こされてかわいい天使薬さしだす
真夜中も管理監視の白衣さんたぬきねいりで感謝の手あはせ

最後の鎮痛剤が打たれ、父は「もう、起こさんでくれ。」と私と母に言った。そしてふたたび、目を開くことはなかった。
葬儀から数日たって、母が枕辺にあった手帳から、走り書きのような父の短歌を見つけた。夫婦のこと、孫娘のこと、鉄平という犬のこと、部屋をともにした伊藤さんという人のこと。

われら夫婦家を納めて四十年　苦喜なつかしく責務おはらん
通学に張り切る孫の甲高い「行ってきます」の声耳底に
入院のとなりの人の看護妻よくよく見れば地蔵の似顔

父は眠れぬ夜を紛らわすために、五本の指を折りながら、つたない5、7、5、7、7をつづっていたのである。私は「へぇー」と思うと同時に、もうひとり別の父をそこに見たような気がした。

父と短歌、どうしてもそぐわない父の短歌を、私は近所の人に清書してもらって四十九日の日、親戚一同に配布することにした。

それから二ヶ月ほど経って、母が「あとからで見つけたんや。」と言って、よれよれの紙切れを一枚、私に見せた。それは日付もなく、まさしくミミズが這うように震えた字で、一首の短歌が書かれていた。亡くなる寸前に書かれた、最後の歌のようであった。

悲しみはくるものなりとおもひしに
今　目前なり
南阿弥陀仏

父は、念仏で終わるこの一首を残し、お坊さんがよく口にする「お浄土」に旅立ったのである。

同人誌ヤママユ
2005年（平成17年）8月

下宿屋

奈良市には8年住んだ。

ちょうど40年前のこと、私が暮らした下宿屋は、二間間口がふたつ並んだ2世帯住宅のような建物だった。その二階の15畳もある広い板の間を借りて、私の学生生活が始まった。当初は私ひとりだったが、3人になり4人になり、最後はまた私ひとりになって、それ以来、誰も身を寄せていない。いわば私が住むことで下宿屋を始め、私が離れることで下宿屋を閉じたのである。

そこのおばさんと私の父は薄い血縁関係があったようだ。戦争での疎開生活で、しばらく私の村におばさんの一家が身を寄せていたという話を聞いたことがあった。そういえば、小さな仏壇におばさんの母親にあたる人の写真があり、なんとなく私の曾祖母にあたる人と顔が似ているな、と思っていた。

私が与えられた二階の板の間の壁には、大きな姿見が取り付けられていた。以前は日本舞踊の稽古場として使われていたものらしい。坂本春江という、その世界ではかなり有名な女流舞踊家が住んでいたということを聞いた。おばさんはその人の妹弟子であったことから、住宅を安く買い受けたと話していた。しかし、買ったのは二軒長屋の片方だけで、私が入居したころは、まだ隣に違う人が住み、その人が転居した後を借り受けて下宿屋を始めたのだった。

おばさんは、元林院町の花街に身を寄せ、春雛（はるひな）という名で芸者をしていた。そのころの花街は、すたれたとはいうものの、まだ訪れる客足は揃っていたようだ。昼の3時ごろから着物に着替え、夜11時ごろ、少し酔った様子で帰宅する。日付けが変わることもあった。「今日はどこどこの『だんさん』が来るから遅うなるで。」と言って出かけたときは、必ずといっていいほど上機嫌で帰宅する。高校生の私は、その「だんさん」たちが気前よく、三味線や太鼓の鳴り物入りの席で、いわゆる「芸者遊び」をしている姿を楽しく想像するようになった。

奈良にはたくさんの寺社がある。その二軒長屋も、両隣と道をはさんだ真向かいに寺院があった。中でも窓越しに見える寺院は、古びてはいるが鄙びた風情の権現寺で、屋根の形もどこか異国寺院のおもむきがあった。屋根の鬼瓦には、さらにもういっぴきの鬼の子が上を向いて坐っている姿が憐れにも見えた。私は8年間、この鬼の子とともに、雲の流れを眺めつつ暮らしていた。

下宿にはひと月に1度、泊まりに来る客がいた。70歳位、Kさんという初老のおとなしい男性で、いわゆるおばさんのパトロンである。おばさんはあまりこの人の素性は語らなかったが、Kさんが来る日は仕事を休み、手料理をこしらえ、夫婦以上の関係であるかのように私には思えた。テレビの前の自分の席をこの人に譲り、私と二人、差し向かいの状態で夕食を食べる。自分の父よりも年配の、それも大層お金持ちであろうと思える人とともに、会話のない食事をするのだった。

じつは、このKさんが下宿屋の名義人であることが明るみに出たのは、その人が亡くなってからのことである。私が身を置くようになって2年後、Kさんは亡くなった。おばさんは葬式に行くこともなく、その夜は遅くまで泣いていたようだった。もしかしたら、亡くなったことすら伝わっていなかったのかもしれない。ともかく、それをきっかけに、舞踊家の坂本さんから買い取った下宿屋の名義人はＫさんであることが分かった。何年もの間、名義の書き替えをしてこなかったのであろう。おばさんは「だんさん死んだんで、この家、取り上げられるかもわからん。」と話していたが、Ｋさんの親戚が現れることは、いち度もなかった。小さな仏壇にはおばさんの母親の横に、Ｋさんの写真が新たに祀られていた。

それから一年後、おばさんの姉芸者に当たる人が入居することになった。どこにも身寄りがなく、戦時中、中国の海南島で知り合った芸者仲間のおばさんを、唯一の身内として訪ねてきたのであった。人の良いおばさんは身寄りのない「姉さん芸者」を快く受け入れた。姉さんは、おさんどんを受け持ち、下宿生も４人に増えていた。離れの一室を借りていた学生は、東京の大学に進学して４年でいなくなり、私が先に借りていた板間部屋のふたりの女子大生も教師試験に合格して出ていった。私はまた、ひとりになった。

その頃から、姉さんの様子がおかしくなり、しばしば街を徘徊するようになった。おばさんは仕方なく離れの部屋に姉さんを閉じ込め、食事や用便の世話をしながら、愚痴をこぼす日が多くなった。日を重ねるにつれ、姉さんの認知症はますますひどくなり、タンスの隅や渡り廊下の下に、排便や下着を隠すようになった。おばさんの衣装ダンスの和服の間に、排便が置かれていたことが分かった時は、さすがのおばさんも火のように怒った。

ある日、おばさんは私に「もう、姉さんの面倒を見るのは限界や、学園前の養老院に行ってもらおうと思っててんねん。」と切り出した。「今日も餅飯殿通りで、おかしなことをしてつかまって、知らせが来てん。」そのような会話をしている時にも、離れ座敷の障子の穴から、じっと姉さんが、こちらを覗いているのが分かった。「なあ、また覗いとるやろ。」とおばさんは言った。

それからまもなく、姉さんは老人ホームに行き、1年も経たないうちに「亡くなった」という知らせが届いた。おばさんは、私にも葬式に行ってくれと頼んだ。ふたりで出かけると、日当たりの悪い裏庭で、10人ほどの老人たちが1台ずつカセットラジオを持ち歩き、それぞれが別々の番組やら音色を聴いている様子を眼にした。私たちをチラッと見て、何を語り掛けるでもなく、またカセットラジオに耳を傾けるのだが、その時の無表情な一瞥を、私は今でも記憶に留めている。「見捨てられた人々」という言葉が浮かんだ。

姉さんはすでに荼毘に付されていた。4畳半ほどの部屋の隅に小さな仏壇が置かれ、お坊さんがひとりで短いお経を唱えた。私とおばさん、たったふたりの会葬者である。形ばかりの葬式は五分ほどで終わった。

姉さんは、金品も親戚も宗教心もいっさい持たず、ひたすら虚無の人生を生きてきた人のように私には思えた。後日、おばさんは姉さんの部屋から貯金通帳を見つけ、残金が少ししかないことに驚いて「確かに年金をもらってたんやけど、何に使ってたんやろう。」と不思議そうに言った。そして、少し残念そうな顔をした。

姉さん芸者を、仕方なく施設に預けたおばさんだったが、のちのちには自分も姉さんと同じ末路をたどることになる。

……………………

23歳の時、私は下宿屋を去った。大学を卒業することなど、私にはもうどうでもよくなっていた。父は、家業の林業を早く継いでくれと言うのだった。もとから大学を卒業しても「どうせ家業を継ぐのだから……。」と考えていた私は、仕方なく大学を辞め、下宿部屋の片付けに取り掛かった。何もかも運びだしてから、私は8年のあいだ居座り続けた空き部屋に寝そべった。畳や床板から安物のウイスキーの匂いがした。女の匂いもした。とりわけ女の匂いは、古畳深く染み付いているような気がした。下から父親の呼ぶ声がした。私たちは玄関に出て、今まで世話になったお礼をおばさんに述べた。行きあたりの路地を曲がりきるまで、おばさんは手を振っていた。不良学生の私を、おばさんは今まで本当の息子のように思ってきたのだろう。気丈なおばさんが、あからさまに泣いているのを見たのは、この時が初めてだった。

私が下宿屋を去って10数年も経ってからであろうか、うらぶれたおばさんの様子を知らせてくれる人がいた。餅飯殿通りを行き倒れそうな様子で歩いていたとか、徘徊しているところを警察に保護されていた、という報告であった。私は何年かぶりにおばさんを尋ね、「民生委員に相談した?」「市役所の福祉課には?」「お金はある?」とか聞いたが、応えは朦朧としていた。そのわずか数日後、おばさんは火を出し、下宿屋は全焼した。

おばさんは明くる日、隠されるように大阪の姪に引き取られ、阪大病院に入院した。その後も病院を渡り歩き、回復することもなく、最後は奈良市内の老人ホームで亡くなった。半年たってもおばさんが出した火事場は、そのままの状態で放置され続けた。居住者のおばさんの所在も、地権者もわからず、近所の人が騒ぎ始めているということを聞いて、私はこっそりと、あまり見たくない火事場跡を訪れたのだった。崩れ落ちた黒焦げの瓦礫の下に、おばさんが飼っていた猫が、何匹かの子猫を産み落としていた。

その後、地権者であるKさんの親族の所在が分かり、奈良市が跡地を片付け、隣の寺院がその土地を買い上げた、ということを私は風の便りに聞いた。さらに1年経って、私はまたその場を訪れた。するとそこには、真新しい納骨堂が建てられていた。私は手を合わせた。世話になったおばさんと、20歳代の私の青春と、そして……。

様々な感慨が、頭をよぎった。

古代に舞い降りた空き缶

風呂上り、缶ビールを手にしながらよく思うことがあります。それはこのアルミ缶が、石器時代にタイムスリップしたらどうなるかということです。古代人はさぞびっくりすることでしょう。キラキラ光り、手に取るといかにも軽く、上部は太陽のようにまん丸で、周囲には何かの文様が描かれ、大変不思議なものだと思うことでしょう。

石器人はこのアルミ缶を引き裂いて矢じり代わりにするでしょうか。あるいは木や粘土を削るナイフとして応用するでしょうか。あるいはまた水を入れコップ代わりにするという考えも有力です。

しかし私は思うのですが、石器人はそのようなリサイクルの仕方はしないと思います。彼らにとっては、今まで見たことも無い謎の物体なのですから、たぶん生活のために利用しようなどとは考えないでしょう。

石器人の心に、この空き缶に対して「畏怖」という感情が芽生えます。その感情は、現代人が宇宙人に出会った時以上のものかもしれません。「畏怖」つまり「恐れ」は、幽霊を見たときのような怖さではなく、神聖な「神」を見たときの畏敬の念に近いものでしょう。だから石器人はこの空き缶にパワーを感じ始めます。

それと同時に、書かれてある文様、それはＡＳＡＨＩスーパーＤＲＹ、アルコール度５％、３５０㎖などの文字から、たぶん多くの事を学びとります。未知からのメッセージとして、一言一句をなぞり、頭の中に写し取ります。空き缶は、彼らによって「シンボル」にまで高められ、悪くすると奪い合い、殺し合いの原因になってしまうかもしれません。

また別の考え方をしますと、彼らが部族という縦社会を形成していたのであれば、この空き缶は封印され、首長などの上部階級の管理下でやはり謎のシンボルとして崇められるでしょう。祠から1年に1回持ち出され、狩りの収穫を祈る祭事が営まれるかもしれません。海の神・森の神・水の神・狩猟の神、性の神…何のシンボルになっても不思議ではありません。それほど、この空き缶は彼らの時代とかけ離れた「物体」なのです。

しかし、問題があります。それは、この一つの空き缶が時代を狂わせてしまうことです。彼らは、アサヒスーパードライという文様から、何らかの言葉を生み出すかもしれませんし、アニミズムや哲学にまでつながりを深めるかもしれません。また、穿った見方をすれば、時を経るにつれ、彼らの想像力は神話のようなものから、プリミティブな科学へと、時代を加速させるでしょう。要するに時代が早められてしまうのです。

たった一個のゴミにしか過ぎない空き缶が、古代においては空前絶後の「意味」と「価値」を持つのです。これは考えてみれば恐ろしいことです。八千年から一万年前、人類は言葉と鉄を手にしました。鉄は科学の産物であり、言葉（絵画）は哲学と宗教の産物です。いわゆる文明の始まりです。もしスーパードライのアルミ缶が石器時代にタイムスリップしたとしたら、文明は何百年も何千年も早く派生したに違いありません。

話がそれますが、ドライビールの文字「ＡＳＡＨＩ」に続いて強調されているのが「生」という文字です。生きる、生命、生ずる、生活、人生、生まれる、そして英語ではライフなど、たくさんの難しい意味を私たちは知っていますが、ここでは単に「熱処理していませんよ。酵母が生きていますよ」くらいの意味であろうかと思います。しかし古代人は真ん中に大きく書かれているこの「生」という模様こそ、神からのメッセージのように捉え「生命」「生存」という哲学的な意味を連想したとしたら、それは「当たっている」ということになります。「ASAHI」は太陽、その下に「生」がある……と。

そして天空は円筒形になっていて、いたるところに部族「人類」がいる。人間を統括するのは「ASAHI」であり、古代人が太陽を指差してASAHIと名づけたとしたら、時代はいっきに何千年も先に進んでしまったことになります。

言葉を持たなかった古代人が、一個のアルミ缶の出現によって、いきなり言語を習得するのです。言葉は人から人に口伝され、大げさに言うと彼らは「世界」を認識し始めます。アルミ缶を拾った部族にはパワーが集められ、宗教心が芽生え、言葉によるつながりと理解が生活を豊かにするでしょう。反面、権力による支配が生まれ、弱い者と強い者が生まれます。要するに、より高度な社会が形成されるのです。

しかしこの話は「もし空き缶がタイムスリップしたら」という仮定の話ですので、あまり真剣に聞かないで下さい。歴史上、私たちは時代が一瞬に進んだという事実を知りませんし、宇宙人が歴史に関与したということも、今のところ無いようです。

ただしかし、二十世紀初頭には、この地球に相当大きな「空き缶」が舞い降りたようです。——石油文明——この空き缶は時代を何世紀も縮めました。ハイテクノロジーを生み、コンピューターや核を作り、コスモロジーやバイオ化学を急速に発展させ、プラスチックや電気、ロケット、飛行機、自動車を作りました。そしてまた、この一個のアルミ缶を作ったのも石油文明です。

全てのベースにある「石油文明」という豊かな社会で生み出された、時代の副産物です。

話を空き缶に戻しますが、ペットボトル、スチール、アルミ缶飲料は日本で一日に一人が1缶消費すると言われています。一日に1億2千万個が消費され、ゴミになります。そのうちの70パーセントがリサイクルにまわされるとして、あとの4千万個はどこに消えるのでしょう。言うまでもなく、埋め立て処分地です。

自分の行く末を儚んだ空き缶の一つが、たった今ゴミの山からそっと抜け出して、
石器人が暮らす洞窟に舞い降りたかもしれません。

2006・1・14

スタートレックより　3篇

「コンパニオンの宇宙」

スタートレックは50年もむかしのシリーズ番組ですが、日本では当初、「宇宙大作戦」というあまりパッとしない題名で放映されていました。カーク船長とミスター・スポック、ドクター・マッコイの会話の掛け合いが面白く、深夜放送でよく見たものです。その一話……。とある惑星に降り立った三人が出会ったのは、以前、行方不明になったひとりの隊員と、奇妙な光を発する電気クラゲのような生命体でした。

隊員はどうやらその生命体と暮らしているらしく、栄養補給や生命の維持は、その発光体と一体になることで、継続してきたようです。砂漠の中から不意に現れて、赤や青のドレスのような電磁波に隊員の身体を包み、お互いに交感しあいます。精神医でもあるマッコイは、その交感を見て「まさしく―愛―だよ」というのですが、もとより「愛」を信じないスポックは否定的です。隊員自身もその生命体との関係を「愛」だとは思っていませんでした。単なる生命維持装置ぐらいにしか考えていなかったのです。しかし、広い宇宙の何もない惑星で、ひとり生きてこられたのは、この生命体との交感があったからで、彼らの間には、コミュニケーションも成立していたのです。

隊員はこの生命体をコンパニオンと呼んでいました。コンパニオンというのは、正しくは「連れ添い」「仲間」、いわゆるパートナーという意味で、ワイフとか愛人、また日本で使われているように「接客女子」という意味ではありません。余談ですが日本でこの言葉が頻繁に使われ出したのは、この番組のあと、数年経ってからのことでしょうか。

外来語は極めていい加減なものです。意味がわからないままに使う、またみんなが使うからなんとなく使う、というような使われ方をしています。そして、いつの間にか和製英語として定着してしまいます。コンパニオンもコンパ「会合」、あるいはコンパニー「接待」から派生した言葉であるとしても、現代のように接客女子、または宴席派遣女子という意味として使うのはいかがなものでしょうか。

ともあれこの隊員は単なる「連れ合い」「仲間」として関係していたのであり、愛情の対象として捉えていなかったのです。このコンパニオンはもともと攻撃的な生命体で、隊員と自分を引き離そうとするカーク船長を焼き殺そうとします。そこで船長が苦し紛れに発した言葉は次の言葉です。「コンパニオン、わかってほしい。君がここで暮らすのを好むように、われわれは常に自由を求める本質を持っている。人類は自由を失えば、存在することを中止するだろう。」

スタートレックではよく愛と自由が強調されます。先ほども言いましたが、スポックは異性愛とはただの「性欲」に過ぎないという見識の持ち主です。「人類はこの愛と言う言葉に過剰な意味を与えすぎる。」とスポックはいいます。結局、カーク船長は隊員とコンパニオンを引き離すことに成功するのですが、「自由」という伝家の宝刀を振りかざすことで「愛」との引き換えに成功したとも言えるでしょう。

このあと、隊員はエンタープライズの一員に戻り、コンパニオンとの交感は断たれました。コンパニオンの一方的な「片思い」という設定でこの話は終局します。

私は、宇宙には無数の生命体がいることを信じています。たまたま人類との遭遇に至らないだけで、何億光年も離れた未知の惑星に、この電気クラゲのような、寂しがりやのコンパニオンがいても不思議ではありません。

「女神の住む宇宙」

スタートレックからもう一話、紹介しましょう。英語でシンパシーというのは単に同情、哀れみという意味ですが、この言葉には奥深いものがあります。ある惑星に降り立ったカーク船長とその一行は美しい女性に出会います。女性は話すことができず、不思議な姿態で表現をつくります。ニンフ、あるいは天使というのはこのような女性をいうのでしょう。

マッコイが医者の立場で、この女性に興味を持ち始めます。すると女性は隊員のひとりに近づき、額にできた小さな傷に触れます。隊員の額から傷が消え、たちまち女性の顔に移ります。女性は少し苦しげな表情になるのですが、その瞬間に傷は嘘のように消えてしまいます。

そばで見ていたマッコイは、それがシンパシー能力だと気づき、その女性を「シンポス」と名づけます。つまり他人の痛みを自分の胎内に取り入れ、自分の裡ですぐに除去してしまう能力のことです。「同情」「哀れみ」という心情を物理的に突き詰めれば、そういう能力に行き着くのかもしれません。ただ日本語で使われる「情」は、「情動」「情報」「非情」「愛情」「世情」など多岐に渡って使われ、人間の物理的能力とまでは捉えられていません。いわば、はっきりとした輪郭を与えられずに、多種多様な意味を付されてきたのがこの「情」という言葉です。「同情するなら金をくれ」というセリフがありましたが、「同情」や「哀れみ」などは1円の価値もない、というのが今の世情なのでしょう。

話を戻しましょう。このシンポスには、どんな怪我や病気でも治す超能力がありました。船員たちの多くはシンポスの不思議な能力によって、歯痛から内臓疾患、精神病に至るまで治癒することができました。ただある日、外傷も激しく臓器も全て破損している重症患者がシンポスの前に現れ、この患者にシンパシーを使うことは自殺行為であると感じたシンポスは、並々ならぬ苦悩を表現します。

悩んだあげく、彼女はとうとう患者の身体に触れ、シンパシー能力を使い始めました。患者の外傷がシンポスの身体に乗り移り、見るも無残な姿になりはて、床に撃ち伏してしまいます。

一方、隊員の身体から外傷は消え、深い眠りから覚めたようにスックと起き上がります。そばにいた皆は、シンポスが死んだものと思っていました。しかし、シンポスの身体から少しずつ外傷は消え、そして数時間後には蘇生する、というのがこの話の結論です。

誰しも本当の同情を受けた場合、心がスーッと癒えてゆくような気分になるものです。その際、相手は何らかのシンパシーを発しているのでしょう。「心情作用」という人間の能力についての研究は、あまり進んでいるように思えませんが、言葉や行為で相手の痛みを軽減することのできる、カウンセリング能力の備わった人は確かにいます。簡単にいえば「癒し力」とでもいうのでしょうか。

このストーリーの作者はシンポスを聖母マリアになぞらえたのでしょう。仏教では弥勒菩薩。共にシンパシーを持った救いの女神であり仏です。

「地の球-Tsuchi no mari-」

スタートレック・ヴォイジャーに、次の一話があります。時空軸を自由にあやつる一種族がいます。宇宙船から時空兵器という武器で、あるひとつの文明を滅ぼしたり、また、ある文明を蘇生させたりしながら、最終的に自分たちが求めている時代に行き着く、というのが目的なのですが、タイムパラドックス（簡単に言えば頭が混乱状態）に陥ってしまい、何度も消したり蘇らせたりの愚行をくり返しながら、時間のなかを彷徨っています。

チャコティー副長がその宇宙船にとらわれ、ともに暮らすうちに、しだいに時空観念に興味を覚え、ヴォイジャーの行く手を遮った小さな彗星をシミュレーションのボタンで消し去ります。すると、みるみる周辺何万光年にもおよぶ星々の文明が消え、「お前はたった今８０００もの文明を消し去った。」と異星人のリーダーに告げられます。その彗星が過去におよぼした時空への関与は、周辺８０００もの星々の生命体におよんでいたからです。

これと同じようにあなたが今、つまり現在からいなくなるとします。死ぬのではなく時間を移動するか、または時空の中から消去されてしまうのです。するとあなたの父、母、祖父、祖母、えんえんと時間をさかのぼり、あなたとつながりのある総ての人が消えてしまいます。なかに野口英世や北里柴三郎がいたとして、彼らが成した偉業により救われた人々、またそれらの人々の親族、祖先、広がりはえんえんと続き、最終的に地球上の生命、生物と呼ばれる総てが消去されてしまうことでしょう。石器時代、白亜紀、カンブリア紀はいうに及ばず、私たちには知識でしか知り得ない36億年前のバクテリアや微生物の時代まで消去され、原始地球がそこに再現します。

私は何も「人類はみな兄弟」という崇高な道徳を言おうというのではありません。けれども、科学的に人間を含む生命は、総て何らかの関与、連鎖のもとにつながりがあることは事実です。私たちが今、地球という星に生きている事実は、無数の偶然の積み重ねによって作られた、確固たるひとつの必然なのだと思うのですが、いかがでしょうか。

で、地球は……あなたが消去された地球は、「原始地球」にタイムスリップしてまた無数の偶然の積み重ねを繰り返すことで、あなたという個体を再生するかもしれません。

このことはかのニーチェもトゥラトゥストラの永遠回帰説のなかで唱えています。すこし長くなりますがその文章を引用します。

……………………………………

一切は行き、一切は帰る。存在の車輪は永遠にまわっている。一切は死んでゆく。一切はふたたび花咲く。存在の年は永遠にめぐっている。一切はこわれ、一切は新たにつぎ合わされる。存在という同一の家は永遠に再建される。一切は別れ合い、一切はふたたび会う。存在の円環は永遠に忠実におのれのありかたをまもっている。一瞬一瞬に存在は始まる。それぞれの「ここ」を中心として「かなた」の球はまわっている。中心はいたるところにある。永遠の歩む道は曲線である。

昨日のこと、今日のこと、一昔前の事、すべての過去は、また未来永劫に繰り返されるというのです。別れた人、また亡くなった人たちとも再びめぐり会い、無限という曲線上で私たちの時間と空間は「かなたの球」となって廻っているというのです。なんだか目が廻ってきましたが、これはSF的に考えれば哲学的なタイムトラベルであり、また仏教の輪廻転生の思想とも酷似しています。類まれな哲学、宗教思想とSFを同一レベルで考えるのは不謹慎かもしれませんが、私たちが経験している過去から現在、現在から未来という一連の時間の流れは、あくまで地球史のなかで生まれたものであり、それに対し地球が経験してきた宇宙の時間は哲学か宗教、もしくはSFでしかとらえどころのない「永遠」という観念をはらんでいます。宇宙時計では一瞬一瞬の繰り返しが永遠であり、「永遠」はまた、今の一瞬であるのかもしれません。

人間の認識をはるかに超えた悠久の時間、また人類の最も大切なトポスである地球……私たちのとぼしい経験と知識では、地球が一回自転して1日、太陽を一週廻って1年、というくらいが大切なことで、地球を含む太陽系も何百万年かけて銀河の中心をめぐり、またその銀河系すらも悠久の時間をかけて宇宙の中心を廻っているという、まさしく目が廻るような巨大な時空の渦を、ニーチェという人は観ることができたのかもしれません。

さて、自然の摂理というか、地球の生理をほかの動物に曲げたり歪めたりする力はありませんが、人間にはどうやらその力があるようです。地球にない物質を生成したり、地球が何十億年かけて作り出した多くの資源を、ふんだんに活用して、そして捨てて行きます。要するに人間は地球を「資産」または「資本」として捉え、何の頓着もなく消費しているのです。けれども、この驕慢な消費生活は、いつまでも長続きするものではありません。資源エネルギー問題、地球環境問題となって人類に跳ね返ってきたのです。それらの諸問題は、もはや局所的なものではなく、世界中の空を覆うような地球規模の暗雲となって取りざたされるようになりました。地球温暖化問題をはじめとする異常気象、地球砂漠化、オゾン層破壊、大気海洋汚染、火災による森林の消失、そして、ただのゴミ問題ですら今や局所的なものではなく、マイクロプラスチックという地球に無かった微粒子ゴミが海洋に漂い、大きく問題視され始めています。地球が生命の源であるための土と大気と水、人間にとって必要不可欠なこの３大ファクターを劣悪化させ、地球の生理を歪めることで、ますます自らの存続を危うくしているのです。

私たちのとぼしい経験と知識でも、最近の異常気象や、生態系の異変を肌で感じ、見て取ることができます。たぶん、この異常気象は毎年繰り返され、さらにこの先、過酷な思いもよらぬ試練に人類は立ち会わなければならないでしょう。――地球環境問題――、戦争よりも深刻なこの問題を、私たちは自分ひとりの問題ではなく「子々孫々」にわたる問題として捉え、無関心という重たい腰を上げなければなりません。

地の球 -Tsuchi no mari- HPより

２００４年９月19日（２０２０年１月加筆）

跋

森の時間を生きよ、守れ

喜多 弘樹

スギ花粉の頃になると、都市生活者の私は早春の頃の吉野をなつかしく思い出す。少年の頃裏山の杉林の斜面に寝ころびながら、まだ冷たい春風が疾《と》く吹くたびに、黄緑の杉の花粉がパッーアと青空に飛び散るのを飽くことなく眺めていた。それは夢の中の光景であったか。いや、たしかにこの世の異様な美のかたちに、いくばくかの戦慄と畏怖とをもって見ていたのである。その杉の花粉が、今や都会を中心として日本中を刺客のごとく襲っている。おまけに今年（令和二年）は新型コロナウイルスという得体の知れない疫病が蔓延し、散々な春となった。人間の営々として築いてきた社会や文明の奢りに対する自然からの警鐘のようにも、あるいは人間それ自体の崩壊の予兆のようにも感じている。おかしなことを人間はしでかしたものだ、と。

そんな疑問に見事に答えてくれたのが「花粉症と林業」という文章である。戦後の経済復興と成長を支えてきた林業と無謀とまでいえる植林政策とそれ以降の衰退、結果として杉の木々は花粉をこの現代社会へ春になると送り続けているのだ。花粉症の首謀者とされる杉だが、それなりの歴史があり生態系の変化が加わり今日に至った経緯を次のように分析している。

昭和30年代に入っても、広葉樹を伐採して杉・桧などの針葉樹を植林する拡大造林が各地で行われ、ますます花粉列島としての下地をこしらえていく。（略）どのような木にも生育にふさわしい適性地というものがある。一般に桧や松・高野槇などは水の逃げて行くところ、つまり山の尾根がふさわしく、杉やケヤキは水と土が集まるところ、つまり谷や川べりを好む。（略）戦後の復旧造林、または拡大造林は、この土地の選択を見極めた上で行われたのであろうか。私にはそうは思えない。（略）

間伐を終えた森林は生き生きとしている。林床は明るく、さまざまな草や木が生え、土壌にはミミズや微生物が生息して、ネズミや鳥などの小動物を呼び寄せる。光合成、保水性が高められ、水質浄化のサイクルができあがる。山が健康になることは、ひいては私たちの環境そのものが良くなるということである。

ともあれ、戦後に植えられたおびただしい数の杉や桧は、春になると花粉を飛ばし、自分たちの窮状を嘆いていることをわかってほしい。

生活の糧としてきた森林に対する山人《やまびと》の深い嘆きである。嘆きであると同時に愛情に満ちた眼差しで、静かに林業、とりわけ日本の三大美林のひとつである吉野の杉や桧について語る。スギ花粉症が現代社会に悪さをするようになった背景を明快に分析している。もう、こういうことを書ける山人はいないだろう。吉野の山の不器用な語り部、無骨ながら純粋なたましいの継承者だ。

中井龍彦とは奇妙な縁でつながっている。いつの頃に私と顔を合わせたのか、いつの頃から親しくなったのか、さっぱりわからない。もちろん、私の歌の師匠であった前登志夫を仲介しての結びつきだったが、彼の正体はついにはっきりとつかめないままだった。たしかなことは、彼はまことの山人であり続けている事実のみだ。吉野の奥深く、黒滝村に今も暮らし、祖父以来、いやもっと遠い祖からの山の仕事で生計をたててきた。山に住む人々はなぜか無口になると柳田国男は『山の人生』という著作で書いていたことを記憶しているが、まさしくその姿を中井龍彦という人物に透かし見ることができる。

彼が「奈良新聞」のコラムを営々と書き続けていることは知っていたが、いつの間にかこんなにたくさんの文章量になっていたとは……茫然とした。二日がかりで原稿を読破した。そして、同じ吉野びととして、こんなにも逞しく、纖細で、知識力旺盛な文章を読み終えた時、不思議な清涼感に襲われた。浄福に近いものだった。日本の豊かで美しかった森が消えていく。そんな危機感を彼は生業を通じて予感し、真剣に考え続けていた。その集大成がこの圧巻の書である。

読みながら私の目の前にいくつもの吉野の風景が通り過ぎていく。単調な山暮らしがこの上もなく豊かなものとなって私の乏しい想像力をかきたてるのである。とりわけ、村という共同体が近い将来消えてしまうという不安である。いや、もうその前近代の遺物はすっかり跡かたもなく姿を消してしまったのかもしれない。かつて、吉野の歌人・前登志夫は若くして父祖代々の山林業を継ぐために吉野へ帰山した。村の暮らしにこの歌人は日々悶々としていた。二十代を詩人として出発した十年の歳月、それから歌人としての遅い出発のすべての詩的心象に登場する場所は村だった。たしか、上句は忘れたが「死者生者分かたぬ境村と呼ぶべし」という一首があった。前登志夫は下市町広橋、中井龍彦は広橋峠を越えた奥の黒滝、いずれもかつては林業が盛んな土地だった。そこには現代人がはるか昔に忘却してきた多くのものがある。嘆き、かなしみ、怒り、諦念、村が消えていくということは日本人の暮らしの臍《ほぞ》のような部分がなくなってしまうということである。生き変わり、死に変わりしながら、田畑を耕し、山に入って枝打ちをしたり間伐材を伐ったり、杉桧の美林を守り育て市中へ出荷する苦しい労働。しかし、その聖なる労働も時代が移り、木材自体の需要が減り、外材の輸入によって価格が下がり、山守の仕事だけでは生活の基盤がもたなくなった。そのあたりのことも彼は書き続け、苦悩の一端が文章に現れている。

つくづく「風土」とは難しい言葉である。風土には、遠い「風土」もあれば近い「風土」もある。私たちは一様に、身近な風土のもとで自然を感じ、遠くの風土に想いを馳せる。（略）寺山修司の、「吸いさしの煙草で北を指すときの北暗ければ望郷ならず」（略）風土はまた、「故郷」でもあるのだ。

「風土考」

墓を「しまう」ことは家を「しまう」ことである。そのようにしてポツリポツリと家が仕舞われ、集落が仕舞われていく。その後に続くのが「村じまい」であろう。（略）だが、そのことを憂慮する村びとは少ない。死んでから先のことは、総べてが、「分らないこと」なのである。

「しまい方を考える」

私たちは、すべてが便利さと快適さに裏付けされるような、「六根」の退化のなかで生きている。そこでもう一度、自然の中に生き変わり、生れ変わろうとする再生意識が生まれる。「六根清浄」とは見る、聴く、嗅ぐ、触る、味わうの五感と「意覚」という心身の浄化を意味する言葉だそうだ。（略）人間が持つ「感覚・感性」は本来、プリミティブな生体機能であり、文明のなかで退化した心身は、自然のなかに身を浸すことでしか浄化することができない。せめて、美しいものが真に美しいと感じられるような感覚を取り戻したいと願う昨今である。

こんな箇所をメモしながら、私は静かに瞑目する。町が生者のみを受け容れる場所ならば、村は生者と死者とが分けへだてなく生活をともにする場所、そして山中は死者が生活する場所ではないだろうか。古来より吉野は交霊の国で、大峰七十五靡き奥駆の先には死者の国熊野が海に向かって広がっている。

戦後、漂泊の民サンカがいつの間にか姿を消してしまったように、また山の民も村の民も姿を消していくのではないだろうか。「下北山の人たちは、サンカは異形の者ではなく、いずれ自分も、村、もしくは現世から見捨てられたとき、受けいれてもらえる異界があることを、サンカのたたずまいの中に観ていたような気がする」（漂泊の民サンカ）とも記している。日常の時間にこだわり、日常の時間を生きる現代人には、もはや生と死とはまったくの別物として意識されるようになった。森に入って非日常の世界を体感することによって日常の生が浄化され輝くという行為も理解されないだろう。

彼は、どっぷりと山林労働で汗を流しながら、矮小な世界ではなく、広く世界を傍観しようという豊富な知識と豊かな感性を持ち合わせている稀有なる山人なのだ。おおげさに言うならば、林業を通して、その視界の奥には社会と文明へのシニカルな批評精神が横溢している。経済学のアダム・スミスや心理学者のフロイトの名前が登場するというのも彼の意欲的な読書量のたまものであると思う。

また、お互いの歌の師匠である前登志夫の歌が随所に引用されている。同じ吉野に住み、山仕事を生業とする点でも共通しているから、生前の師匠は、あまりにも自分と似通っているので、できるだけ中井龍彦の話は避けていたように思えた。いつも、彼の話題になるとどこか照れくさそうに苦笑いを浮かべていたと記憶している。彼がこの本文で引用し解釈する前登志夫の歌はどこかちがう。前登志夫の歌はしらべが抜群にいい。飛躍する詩的感性をしみじみと共有することもできる。一首の世界の独特の渾沌と狂気をどこかで追体験できる。ただひとつ、追体験できないことは、前登志夫が歩いた吉野の山や峠や川、その折々の風景である。これればかりはどうしようもない。彼にはそれができた。なんともうらやましいことである。観念としてでなく地に足のついた引用歌の数々だ。

いくたびも花ふらせゐる春の日の乞食《こつじき》あゆむ亡びし村を
死に失せし人さへもりをさまよはむ花びらしろく流れくる日は
「桜が見せる生と死」

この父が鬼にかへらむ峠まで落暉の坂を背負はれてゆけ
餓鬼阿彌もよみがへりなば百合峠越えたかりけむどこにもあらねば
「鬼にかへらむ峠まで」

水底に赤岩敷ける戀ほしめば丹生川上に注ぎゆく水
ものみなはわれより遠しみなそこに岩炎ゆる見ゆ雪の来るまへ
「丹生川上に注ぎゆく水」

前登志夫の桜の花の歌に対しては「その明るさの中に、生き別れ、死に別れてきた人たちとの出会いもある」と短いながら深い感慨が語られている。これは単なるまぼろしや作為的に作り上げた形象でもない。山に生きる日常の姿そのものだろう。峠の歌は有名な一首だが、解釈にはさまざまな異論もある。彼は次のように解釈する。「この峠の所在はどこなんだろうという問いを、私は常々もち続けてきた、きわめて現実的で、ややもすると白けた設問だが、その場所を知ることで、意外に知られていない前短歌の背景に出会うことができるかもしれない。結論を先に言えば、この「峠」はおそらく広橋峠である」として、「広橋峠でバスを降り、前登志夫は異界におもむく帰郷者となって村をめざす。山の頂きに向かって逆流する時間の河を、若き日の詩人は、暗い星空を見上げながら様々な思いとともに遡行したのであろう」と結ぶ。

丹生川上の歌碑は私も訪れたことがある。前登志夫の愛娘だったいつみさんの運転で案内してもらった。6月の梅雨時の頃、夜の黒滝川に湧く天然の蛍を見物するのが目的だった。少しお酒が入っていたので川べりの暗い道をこわごわ歩いていって上流の小さな橋のあたりに出た。湿った暗い川床から点滅しながら次々に明るい光の粒となって蛍が湧いてくる光景はこの世の極上の自然劇を観ているようだった。その夜は仲間の数名は黒滝のビレッジセンターに泊まり、桧風呂の湯に浸かった。私一人だけは彼の棲家へ泊まらせてもらった。古い家だったが、部屋が10部屋ほどあるというので驚いた。今は細君と二人で暮らしているが、一昔前は山林仕事で中井家の一族郎党がいっしょに生活していたという。山仕事で十分に生計を立て得た頃のことだ。

一人奥まった山家の一部屋に寝た。梅雨の頃なので、高い天井からムカデが落ちてこないか、蛇が床の間の桟を這ってはいないかなどびくびくしたものだ。黒滝に案内してくれた前いつみさんも若くしてこの世を去ってしまった。いっしょに観たホタルは父上の魂魄ではなかったかと思った。

数年前の紀伊半島大水害以来、家の下から魚の姿が消えたという。「川辺に生えていた植物も消え、上流の崩壊地から運ばれて来た岩や粉々の山石で河床は覆われている。この夏は、もうホタルを見ることもない」と嘆いていたが、それからしばらく経って「川辺を覗いてみると、小さなハゼが2匹泳いでいた。また、上流の入り江になった分流の淵に、ヤマメやアブラハヤ、ハゼなど多くの魚たちが逃れ棲んでいるのを見つけた」、それは「丹生川上の祭神が戻って来ているのだと思った」としめくくっている。祭神の女神はひょっとして、いつみさんだったかもしれない。

森の時間を生きる中井龍彦が、『記紀』に登場して、かの神武に最後まで抵抗した土蜘蛛の子孫であるように思えてきた。屈強な精神と生来の真面目さは、お酒を飲んで銘酊するぐらいはご愛敬、拝金主義の文明社会とどこまでも対峙していくにちがいない。

木の年輪はその木が生きて来た時間を刻銘に記している。幹、枝を含め、年輪そのものが「木の時間」と言ってもまちがいではない。（略）１３００年も第二の生を生きてきた法隆寺の柱や、古民家の部材、多くの古墳の中に眠っている柩などの時間がある。（略）たとえ樹種や形状、立地条件は異なっていても、一本一本の木は同質・同等の時間をかさねながら佇んでいる。日を浴びながら、影をおびながら。

「年輪・積み重なる木の時間」

この一巻をもって、中井龍彦のライフワークとして評価したいところだが、もう少し書いてほしいことがある。吉野という郷土を愛しているがゆえの私の願望である。前登志夫の名著に『森の時間』があるが、彼には森の時間を生き続ける生身の人間として、日本の林業の行く末、滅びゆく森林の行く末を見定めてもらいたいのだ。そして、精一杯、この行き詰った社会や経済を鋭利な斧で切り裂くように、矛盾の病巣を真っ二つにしてほしい。今や、彼が林業の衰退を十数年前から予見し続けたように、世界的な環境問題が日々深刻化している。オーストラリアの山火事、アマゾンの木々の無作為な伐採、CO_2の増加による地球温暖化など。すべては樹木との共生を無視してきた人間のおろかさから生じている問題である。

中井よ、森の精霊の守りびとたれ！　そのために書け、そして歌え！

令和二年弥生八日

新型コロナ禍のさなかにて

あとがき

われながら気の長い話である。奈良新聞のコラム、「明風清音」に投稿を始めてからすでに17年が経った。

当初は、私がなりわいにして来た林業という仕事が、つぎつぎに否定されて行くような現実に直面して、これはただならぬことと思い投稿を始めた。そうしているうちにも、村の人口は減り続け、近隣から子どもが消え、空き家がいたるところに目立つようになった。そして、ひとつの産業が立ち行かなくなると、多くの家の灯りが消えてゆく、という現象を目の当たりにしている。

長い年月をかけて私が書いてきたコラムの内容は、ともすればバラバラに見える。しかし読み返してみて、「吉野」という地域風土に拘泥してきたことで、ひとつのテーマ性を見つけたようでもある。さらに言えば、私には吉野とその地誌についてしか書くことができない。世界中を旅するバックパッカーのように、昨日見た風景は今日は無く、今日出逢う人は見知らぬ人というような日常は、私には考えることができないのである。

だが山歩きも「旅」だとすれば、私はずっと昔から郷里の山々を渡り歩く「旅」を続けて来たことになる。それは「幾山河超えさり行かば寂しさのはてなむ国ぞ今日も旅ゆく」というような旅とはすこしニュアンスが違って、あくまでもなりわいを目的とした日常の「旅」でしかない。牧水のように、そこを過ぎてしまえば振り返ることもなく次の山河を目ざす「旅」ではなく、かならずそこに戻って来なければならない現実的な山行きであった。

私が林業に就業した当時、環境を保全するというような、大げさな言い分はどこにもなかった。林業不況とは言われていたものの、まだ多くの山びとがいて、どこの山に行っても枝を打つ音やチェーンソーの音、ひとり仕事をする人の咳払いが聞こえて来た。山びとも森林所有者も、森の多面的機能などというようなことには関心もなく、興味もなかった。補助金というかたちで林業が庇護され始めたのはのちのちのことで、それまでは自分のなりわいや資産形成のために、税金が充てられるなどとは思ってもみなかったのである。しかし、大気汚染や公害、上水道の水質悪化や水不足などが顕著になるにつれ、森林は環境を浄化する装置としてみなされるようになった。その一方で木材の価格は下がり続け、放置される森林が多くなり、「多面的機能」も失われていった。

森林の機能がさらに注目を集め出したのは、京都議定書に日本が批准した2002年ごろからであろう。本書からは削除したが、2005年3月のコラムに、私は「京都議定書と森林」について書いている。「京都議定書が発効され、日本は温室効果ガスの削減義務を『誠実に遵守』するという方向に向かわねばならなくなった。その削減枠6%という数字がどういうものであるか、もう一度見直してみよう。中でも6%に割り振られた森林吸収分3・9%の根拠をたどってみたい。（略）京都議定書の理念は、CO2の排出削減プロジェクトと吸収量増加プロジェクトの両面から成り立っている。排出源である化石燃料、吸収源である森林。ちなみに温室効果の3分の2が前者に起因し、森林の消失、劣化が3分の1の要因であるとされる。」というものである。日本の森林率（国土に占める森林の割合）は68%でフィンランドに次ぐ二番目の高さだ。この数字によって、京都議定書を成功に導こうとするヨーロッパ諸国から極めて有利な条件を引き出すことができた。ただし、その条件として森林の保全と整備事業が国策のように組み入れられ、以来、補助金は「炭素吸収源」への投資というコンセンサスを得たのである。

林業は今、ジャブジャブの補助金によってかろうじて息をつないでいる。否定的に言う人もいるが、これが現状であり、実態なのである。

林業がそうであったように、戦後の日本は1980年代の終わりまで、きわめて運の良い国だった。本書でも採り上げているが、1959年の伊勢湾台風から1995年の阪神大震災までの36年間、千人以上の死者を出す大災害は起きていない。その間に経済は飛躍的な発展を遂げ、半世紀ぶり、二度目のオリンピックを迎えようとしている。だが、90年代のなかばから、この国はどうやら「運の悪い国」に転じてしまったようだ。阪神大震災に始まる何度もの大震災、年々繰り返される風水害、原発事故、少子高齢化、そしてオリンピックを控えて突発的に沸き起こった世界的疫病・パンデミック、行方の定まらない春が目の前に迫ろうとしている。

最後に、出版に際しては多くの方々にお世話になった。奈良新聞編集部の皆様には、気ままな投稿にもかかわらず毎回、良きタイトル考えていただいた。社を去られた方もいられるが、この場を借りてお礼を申し述べたい。前登志夫主催「ヤママユ」誌を通じての誌友である喜多弘樹氏には、今回も玉筆をお願いした。冷汗三斗の思いである。出版に際しては株式会社澪標の松村信人氏にお願いをし、装丁は森本良成氏にお願いをした。改めて深謝申し上げたい。

令和二年三月十八日

中井龍彦

著者略歴

中井 龍彦（なかい たつひこ）

1953年　吉野郡黒滝村に生まれる
1977年　桃山学院大学中退
1978年　林業会社に就職
1979年　前川佐美雄主催「日本歌人」に入会
1980年　前登志夫邸を訪問する
1992年　林業会社代表取締役
1998年　前登志夫主催「ヤママユ」に作品を発表
2009年　森林組合副組合長
2013年　第１歌集「憑樹」出版

吉野 山河記
二〇二〇年四月一日発行
著　者　中井龍彦
発行者　松村信人
発行所　澪　標《みおつくし》
大阪市中央区内平野町二-三-十一-二〇二
ＴＥＬ　〇六-六九四四-〇八六九
ＦＡＸ　〇六-六九四四-〇六〇〇
振替　〇〇九七〇-三-七二五〇六
印刷製本　亜細亜印刷株式会社
ＤＴＰ　山響堂 pro.